_____님께,

당신은 여전히 반짝이는 사람입니다.

마침 그 위로가 필요했어요

일러두기

*《국민일보》의 〈아직 살 만한 세상〉 코너에 기사화했던 내용을 토대로
  이 책을 쓰면서 각 사연의 당사자분들께 책 출간에 대한 사전 동의를
  받았습니다. 익명으로 알려졌던 사연 속 당사자를 찾아 동의를 얻는
  과정에서 끝내 연락이 닿지 않은 몇몇 분께는 양해를 구하며,
  이 지면으로나마 감사를 전합니다.
  책의 내용과 관련한 모든 법적 책임은 저자들에게 있습니다.

마침
그 위로가
필요했어요

태원준 외 지음

RHK
알에이치코리아

봄을 닮은
사람들

출근 시간 만원 지하철. 유모차에서 계속 우는 아이를 달래는 난처한 표정의 엄마가 있었다. 그녀는 아이를 병원에 데려가는 길이었다. 안양역에서 용산역까지 열두 정거장, 30분 이상 걸리는 터라 내내 아이를 안고 있기는 버거웠다. 승객들로 빼곡한 지하철에서 아이 울음을 멈추려고 엄마는 무던히 애를 썼다. 이런 사정을 알 리 없는 아이는 울음을 그치지 않았다. 엄마는 승객들의 짜증 어린 눈길과 마주칠까 봐 고개도 제대로 들지 못한 채 아이만 보고 있었다.

그때 한 남성이 다가왔다. 자신의 휴대전화를 뒤적이더니 아이가 좋아할 만한 영상을 틀어 유모차 앞에 놓았다. 대학 점퍼를 입은 여성은 앉아 있던 자리를 아이 엄마에게 양보했다.

덕분에 엄마는 아이와 눈높이를 맞추고 상태를 살피며 갈 수 있었다. 아이가 보채다 신발이 벗겨졌을 때 주위서 신겨준 사람도, 우여곡절 끝에 용산역에 도착했을 때 엄마와 유모차에 앞서 출구로 향하며 길을 터준 사람도 이름 모를 승객이었다.

2018년 3월 13일 저녁, 엄마는 지하철에서 겪은 일을 어느 온라인 커뮤니티에 적었다. "아기 신발 주워주신 분, 아까는 경황이 없어 손만 보고 인사했네요. 정말 감사해요." 그날 아침 엄마는 지하철을 타야 하는 사정과 타도 될까 하는 걱정 사이에서 고민이 많았을 것이다. 출근 시간에 유모차를 끌고 지하철에 탔을 때 날아올 눈총을 전에도 여러 번 경험했을 테니까.

지하철 승객들은 엄마의 걱정을 기우로 바꿔놓았다. 우리 주변에는 그렇게 뜻밖의 장면을 만들어 내는 사람들이 생각보다 많다. 아이의 엄마가 인터넷에 접속했듯이 그런 모습을 접한 이들은 나름대로 그것을 세상에 알리고 있었다. 요즘 세상이 좀 팍팍하지만 이런 일도 있더라, 이래서 아직 살 만하다는 것 같더라…….

〈아직 살 만한 세상〉은 그래서 시작됐다. 고단한 일상에 지친 이들에게, 마음에 입은 상처로 힘겨운 이들에게 세상이 여전히 따뜻하다고 말하는 사람들의 작은 목소리가 위로와 응원이 될 수 있을 것 같았다. 2017년부터 시작된 《국민일보》의

〈아직 살 만한 세상(이하 '아살세')〉 속 이야기는 소소하고 주인공은 평범하다. 뉴스에 나올 법하지 않은 사람들의 뉴스일 것 같지 않은 이야기를 차곡차곡 적다 보니 제법 쌓였다.

어느샌가 "저도 비슷한 경험이 있습니다" "윗집에 이런 할아버지가 사십니다" 하는 제보가 들어오기 시작했다. 생각보다 사람들은 이런 사연을 아주 꼼꼼하게 읽고 있었다. 마치 이 소소한 이야기가 세상의 곁가지를 넘어 줄거리가 되기를 바라는 듯이.

세상을 바꾸는 일은 비범한 슈퍼맨이 아니라 평범한 이들의 평범한 선의에 의해 이뤄진다는 것을 조금은 알 것도 같다. 이 책을 통해 작은 위로의 말들이 결코 작지만은 않다는 것을 여러분께도 전하고자 한다.

《국민일보》아살세팀

프롤로그_ **봄을 닮은 사람들**

그때
그 말이

　　　없었더라면

우리가 들었습니다

2019년 8월 스물아홉 살 청년은 스스로 목숨을 끊으려고 휴대전화를 팔았다. 그래야 인터넷에서 찾아본 극단적 선택에 필요한 도구를 살 수 있었다. 그는 부모의 이혼과 어려운 형편 탓에 고독한 어린 시절을 보냈다. 떨어져 지낸 아버지는 아들에게 무관심했고 함께 살던 어머니는 지병으로 세상을 떠났다. 성인이 되어 시작한 직장 생활도 원만하지 못했다. 누군가의 삶을 이렇게 몇 줄로 설명하는 것은 몹시 무례하지만, 서른을 넘기지 못한 채 생을 끝내려던 그의 선택만으로도 그 안에 들어 있는 삶의 굴곡을 감히 짐작할 수 있다.

그를 A씨라고 불러야 하는 건 이 사건에 B씨와 C씨가 있어서다. A씨는 SNS를 통해 극단적 선택의 동반자를 수소문했다. 그렇게 모인 세 사람은 8월 11일 울산의 어느 여관방에 마주앉았다.

준비의 과정과 실행의 순간 사이에 놓인 높은 벽을 그들은 단숨에 넘어버렸다.

하지만 실패였다.

C씨는 의식을 잃은 상태로, A씨와 B씨는 그보다 덜한 상태로 구조됐다. 이후 A, B씨는 자살 방조 미수 혐의로 기소됐고 A씨는 이 일의 주범 격으로 구속돼 재판을 받았다. 구치소에 말 상대가 있었던 모양이다. 그의 가정사와 범행 경위를 들은 어느 재소자는 "나도 범죄자지만 염치없이 부탁드린다"면서 A씨의 선처를 바라는 탄원서를 냈다.

구속 넉 달 만인 12월 7일 울산지법에서 A씨의 선고재판이 열렸다. 박주영 부장판사는 "타인의 생명을 침해할 위험이 큰 범죄여서 죄책이 결코 가볍지 않다. 다만 다시는 이런 범행을 저지르지 않겠다고 다짐한 점을 양형에 고려했다"라고 말했다. A씨에게 징역 10개월에 집행유예 2년, B씨에게 징역 8개월에 집행유예 2년이 선고됐다. 판결문을 주문主文까지 다 읽었으니 이제 재판이 끝나야 하는데 재판장은 일어서지 않았다. 박 판사는 준비해 온 다른 글을 꺼냈다.

"피고인들에게 이제까지의 죄에 대한 이야기는 조금 전 형의 선고로 모두 끝났지만, 이후의 이야기는 여러분이 각자 써 내려가야 합니다. 그 이야기가 아름답기를 기원하며, 설령 애달프다 해도 절대로 도중에 끝내서는 안 됩니다……. 비극적인 결말을 막기 위해 강제 구금이라도 해야 하는 것이 아닌지 깊이 고민했습니다. 다행히 삶의 의지를 되찾았다는 징후를 엿볼 수 있었습니다. 이 결정이 잘못된 판단이 아니기를 간절히 바랍니다."

그가 써온 글에는 이런 대목이 있었다.

"한 사람이 생을 마감하기로 결정하는 가장 큰 이유는 아마도 자신의 사연을 들어줄 사람이 없다는 고립감일 겁니다. 이제 여러분의 이야기를 우리가 들었습니다. 더 이상 혼자만의 이야기가 아닙니다."

재판은 죄의 유무와 벌의 경중을 따지는 무겁고 중대한 일이다. 결국에는 형량으로 요약되는 판결을 듣기 위해 피고인은 오랜 시간 법정에 머물며 자신의 이야기를 해야 하고, 또 자신에 대한 남의 이야기를 들어야 한다. 그 긴 시간 동안 판결이 갖는 다른 의미를 찾을 수는 없을까.

검사는 죄를 증명하기 위해 A씨의 이야기를 듣고, 변호사는 그것이 죄가 아니라고 변호하기 위해 A씨의 이야기에 귀 기울인다. 증인과 참고인이 보태는 말까지 더해 그 모든 이야기를 끝내는 판사가 듣는다. 평생 자신의 이야기를 들어줄 사람이 없었을 A씨에게 판사는 재판 과정 자체가 그의 이야기를 듣는 시간이었음을 말하고 싶었을 것이다.

"이제 우리가 당신의 이야기를 들었다"라는 한마디는 죄와 벌만으로 단정할 수 없는 A씨의 삶에 대한 뜨거운 격려였다.

퇴근길 4호선의 위로

"다음 역은 동작, 동작역입니다."

2019년 6월 11일 오후 6시 40분쯤, 한강을 지나는 지하철에는 퇴근길 승객이 잔뜩 타고 있었다. 서울 지하철 4호선 사당행 열차가 이촌역을 지나 동작대교를 반쯤 건넜을 때 안내 방송이 흘러나왔다. 그런데 평소 듣던 녹음 방송이 아닌, 승무원의 육성이었다.

"오늘 하루는 어떠셨나요. 힘들고 지치고 속상한 게 있었다면 열차에 모두 놓고 내리세요. 제가 다 싣고 가겠습니다. 남은 하루는 행복하고 행운이 가득하면 좋겠습니다."

힘겨운 일상은 시간의 흐름도 왜곡하는지, 1년은 참 빨리 가는데 하루는 무척 길게만 느껴진다. 그런 하루를 보낸 이들에게 얼굴 모를 승무원의 한마디는 가볍지 않았다.

그 열차에는 성균관대에 다니는 스물두 살 신 씨가 타고 있었다. 요즘 청년의 삶이 어떤지 우리는 안다. 창밖으로 멍하니 한강을 바라보다 방송을 들은 그는 휴대전화를 꺼냈다. 서울교통공사에 "오늘 너무 힘들었는데 방송 덕분에 상쾌하게 집에 간다"라는 감사 문자를 보냈고, 학교 온라인 커뮤니티에 접속해서는 "지하철에서 울 뻔했다"라고 글을 남겼다.

댓글이 여럿 달렸는데 신 씨와 같은 경험을 한 사람들이 적지 않았다. "나도 그 방송을 들은 적 있다"거나 "저녁에 그분 열차를 타면 하루가 편안하게 마무리된다"라는 이야기가 이어졌다.

글을 보고 연락한 기자에게 신 씨는 "일면식도 없는 분이 저를 걱정해 주고 힘내라고 말해주니까 아는 사람의 응원보다 더 힘이 났다. '맞아. 다들 열심히 사는데……' 하는 생각이 들었다"라고 했다. 그러면서 이 말을 덧붙였다. "한강을 바라보며 그 방송을 들으니 마음이 더 울컥하더라고요."

4호선 지하철이 서울 도심 아래에서 유일하게 땅 위로 나오는 때가 한강을 건널 때다. 단조로운 지하 구간에서 휴대전화만 쳐다보던 이들이 마침내 고개를 들어 창밖을 바라보는 시간. 특히 해 질 녘의 한강은 아름답지만 왠지 스산하기도 해서 바라보고 있으면 이런저런 생각의 회로가 저절로 돌아간다. 바로 그 시점에 승무원은 안내방송 스위치를 올린 것이다.

대중교통 하차 방송에는 "두고 내리는 물건이 없는지 잘 챙기라"라는 문구가 공식처럼 들어가는데, "속상한 건 모두 두고 내리라"라고 뒤집어서 "제가 다 싣고 가겠다"라고 말하는 문장은 갑자기 마이크를 잡았을 때 꺼낼 수 있는 일상의 언어가 아니다. 하루 중 언제 방송을 해야 할지, 어디서 스위치를 올려야 할지, 마이크에 대고 어떤 말을 해야 할지, 승무원은 많은 시간을 들여 깊이 고민했을 게 분명했다.

"친절한 말은 간단하고
짧은 말일 수 있어도,
그 메아리는 끝이 없다."

마더 테레사

마지막 비행

　서른일곱 살 홍 씨가 베트남에서 연락을 받은 건 2019년 11월이었다. 다낭에 머물던 여동생이 중증 뎅기열에 걸려 위독하다고 했다. 곧장 비행기를 탔다. 다음 날 현지에서 동생을 만났지만 낯선 땅의 낯선 병이 남매에게 허락한 시간은 이틀이 채 되지 않았다. 비행기에 오를 때의 설렘을 유난히도 좋아해 그렇게 여행을 즐기던 동생은 끝내 타국에서 숨을 거뒀다.

　오빠 홍 씨는 절망했다. 부모님이 계신 고향으로 동생을 데려가려고 황급히 날아왔는데 객지에서 동생 장례를 치러야 했다. 우리 영사관과 한인교회의 도움을 받아 간신히 화장을 마쳤고 어느 교민이 나서준 덕에 한국 항공사 귀국편을 구할 수 있었다.

집으로 가는 날, 홍 씨는 공항에서 탑승 수속을 하며 "유골함이 있다"라고 알렸다. 그러자 항공사 직원이 다가와 미리 연락을 받았다며 "조금이라도 편히 가실 수 있게 두 좌석을 준비했다"라고 말했다. 예약을 도와준 교민이 사정을 귀띔한 터였고 항공사 측은 그 말을 흘려듣지 않았다.

생각지 못한 배려로 여정이 시작됐지만 보안 검색대를 통과할 때 불쾌한 상황에 맞닥뜨렸다. 동생의 유골함을 검색대에 통과시키자 현지인 검색원들이 신기한 물건 보듯이 한참을 구경하며 무례하게 행동했다. 이어진 출국 심사대에 방부처리 확인서를 제시하니 출입국 직원은 그게 마치 벌레라도 되는 양 두 손가락만 사용해 겨우 들었다.

홍 씨는 억장이 무너지는 걸 눌러 참았다. 집에서 연로한 부모님이 동생의 유골을 기다리고 있었다. 지금 흥분해서 좋을 것 없다는 생각에 눈물을 삼켰다. 심사를 마치고 들어간 출국장은 분주했고 여행자들로 떠들썩했다. 관광지에서 즐거운 추억을 안고 떠나는 사람들 사이로 홍 씨는 쓰라린 기억을 품은 채 바삐 걸었다. 마침내 도착한 탑승구 앞에서 유골함을 가슴에 안아들고 기다리던 그에게 뜻밖의 일이 벌어졌다. 항공사 유니폼을 입은 사람이 홍 씨에게 다가와 "동생분과 함께 가시죠? 먼저 체크인하실 수 있게 도와드리겠습니다"라고 했다.

그를 따라 탑승구를 지나니 이번에는 아까 두 좌석을 준비했다던 직원이 기다리고 있었다. 좌석까지 안내하겠다는 직원과 나란히 탑승용 다리를 걸으며 짧은 대화를 나눴다.

"모든 승무원에게 얘기해 뒀습니다. 불편한 점은 언제든 말씀해 주시고요……."

그리고 직원은 이렇게 덧붙였다.

"동생분의 마지막 비행을 저희가 함께할 수 있어서 매우 영광입니다."

홍 씨는 승무원의 이 한마디를 잊을 수 없었다. 검색대를 통과할 때 겪은 설움과 동생을 잃은 이국땅에서의 긴장이 풀렸는지 그 말을 듣자 왈칵 눈물이 쏟아졌다.

"그분이 아니었다면 비행기에서 줄곧 '유골을 갖고 돌아간다'라는 생각을 했을 겁니다. 그 말 덕분에 '동생과 함께 돌아간다'라고 생각할 수 있었습니다. 감정에 큰 흔들림 없이 여정을 마치고 기다리시던 부모님 품에 동생을 안겨드렸습니다."

탑승용 다리를 걷는 짧은 시간에 그 직원은 많은 것을 해냈다. 동생의 명복을 빌었고, 가족의 슬픔에 안타까운 마음을 전하면서도, 안전하게 비행하겠다는 다짐까지 건넸다. 아무 힘

이 없어 보이는 말 한마디가 때로 가장 귀한 것이 되어 가슴에
남는다.

버스커의 편지

2018년 9월 12일 저녁, 어느 온라인 커뮤니티에 사진 한 장이 올라왔다. 밀키스 캔 음료 하나와 가지런한 글씨로 적힌 손편지가 나란히 찍혀 있었다. 살다 보면 울고 싶을 때가 있고, 그런 심정을 누구에게도 털어놓지 못할 때가 있고, 그래서 더 울고 싶어져 서러울 때가 있다. 사진을 올린 이가 그날 그랬던 모양이다.

그는 일이 안 풀리고 너무 힘들어서 엉엉 울며 걷다가 버스킹을 하는 사람이 보여 그 앞 벤치에 그대로 앉았다고 한다. 버스커의 선곡은 모두 잔잔한 노래였다. 마음은 점점 차분해지는데 눈에선 계속 눈물이 흐르는 어색한 경험을 하는 동안 공연이 마무리됐다. 여운이 가라앉기를 기다리며 앉아 있는데 누군가 다가와 "다 괜찮을 거예요" 하면서 음료수 한 캔과 종이 한 장을 내밀고 사라졌다. 종이엔 "안녕하세요. 방금 버스킹 한 사람이에요"라고 적혀 있었다.

"오늘 제 첫 버스킹 잘 봐주셔서 감사해요. 계속 울고 계시기에 걱정이 돼서요. 음료수가 차지 않아서 미안해요. 그렇지만 제 노래가, 이 작은 음료수가 당신한테 위로가 되면 좋겠어요. 집에 조심히 들어가요. 이 편지를 읽을 때면 조금이라도 위안이 되고 진정됐으면 해요. 급하게 써서 횡설수설이네요. 울지 마요. 잘 가요."

그가 엉엉 울면서 벤치에 앉았을 때 버스커는 덜덜 떨고 있었다. 자신의 노래를 세상에 선보이는 첫 공연이었으니까. 노래하는 사람에게 첫 공연은 취업 준비생에게 첫 면접시험이나 마찬가지일 테니까. 면접관이 내 노래를 좋아하지 않으면 어쩌나, 내게 눈길을 주지 않으면 어쩌나, 아예 나타나지 않으면 어쩌나……. 많은 걱정과 고민 속에서 준비했을 소박한 무대 앞에 대뜸 주저앉은 관객은 분명 버스커의 시선을 끌었을 것이다.

그런데 그가 울고 있다. 노래를 들어주는 사람이 나타났다는 안도감과 그가 노래에 반응하는 것 같다는 흥분을 느끼며 목소리에 차츰 자신감이 배어드는 동안, 내 노래에 무슨 치유의 힘이 있는 것도 아닐 텐데 왜 저렇게 우는 거지 하면서 머릿속에 새로운 걱정이 맴도는, 기이한 경험을 했을지도 모른다. 공연을 마치고 서둘러 쓴 편지에는 버스커의 그런 복잡한 심경이 나란히 담겨 있었다.

데뷔하는 이에게 보여준 관객의 눈물과 그 눈물을 달래준 버스커의 편지. 누군가의 지독한 하루가 어떤 이에게 뜻하지 않은 응원이 됐고, 그것은 다시 뜻밖의 위로가 돼서 돌아왔다. 힘겨운 일상에 오아시스 같은 우연이 가끔은 이렇게 우리를 찾아온다.

회사의 잘못

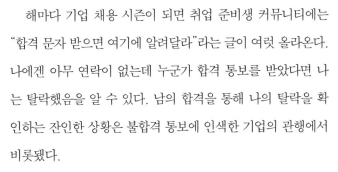

해마다 기업 채용 시즌이 되면 취업 준비생 커뮤니티에는 "합격 문자 받으면 여기에 알려달라"라는 글이 여럿 올라온다. 나에겐 아무 연락이 없는데 누군가 합격 통보를 받았다면 나는 탈락했음을 알 수 있다. 남의 합격을 통해 나의 탈락을 확인하는 잔인한 상황은 불합격 통보에 인색한 기업의 관행에서 비롯됐다.

2019년 취업 준비생 2명 중 1명은 응시한 기업에서 통보를 받지 못한 채 탈락했다. 잡코리아와 알바몬이 입사 지원 경험자 1,862명에게 물었더니 51.5퍼센트는 최종면접 후에도 탈락 통보를 받지 못했다고 답했다. 무작정 기다리자니 피가 마르고, 회사에 전화하자니 불합격일 때의 민망한 상황이 꺼려져 차라리 합격자 동향을 살피게 되는 것이다. 2017년 10월 금호석유화학의 채용 담당자가 서류 전형 탈락자들에게 발송한 문자 메시지는 이런 고충을 겪던 취업 준비생 사이에서 화제가 됐다.

"서류 전형 합격자 발표 후 연락드리기 죄송한 마음도 있지만 귀한 시간 내어 금호석유화학그룹에 지원해 주신 분들께 감사 인사는 드리는 게 예의일 것 같아 연락드립니다. 불편하시다면 죄송합니다. 이번 서류 전형 결과 보고드립니다. 총 4,611명이 지원해 주셨고 그중 760명이 인·적성검사 대상자로 선정됐습니다.

지원자께서 실력이 부족하고 모자라서가 아닙니다. 더 많은 분을 모시지 못하는 회사의 잘못입니다. 저희가 더 노력하여 많은 분을 모실 수 있는 좋은 회사로 성장하겠습니다. 다시 한번 소중한 시간을 금호석유화학그룹에 내어주신 점 진심으로 감사드립니다. 날씨가 춥습니다. 건강에 유의하시기 바랍니다. 채용 담당자 올림."

지원자와 합격자 수를 공개한 것부터 이례적이었다. 탈락자가 가장 궁금해하는 것은 탈락한 이유인데, 그것을 일부나마 가늠할 수 있는 경쟁률을 밝혔다. 불합격을 통지하게 된 이유로 더 많은 인원을 뽑지 못하는 회사의 한계를 들면서 좋은 회사로 성장하겠다는 다짐을 덧붙였다.

나쁜 소식을 기분 나쁘지 않게 전하기란 쉽지 않다. 불합격을 통보하는 기업들은 생각보다 많은 고민을 한다. 위로와 격려의 문장을 넣어 문자 메시지를 발송하고, 안타까운 마음과 응원의 목소리를 담아 장문의 이메일을 보내는 곳도 있다. 몇몇 표현은 그럴 때 자주 쓰이다 보니 상투어가 돼버렸다.

2017년 인크루트 설문 조사에서 구직자들이 꼽은 '불편한 탈락 통보 문구' 1~3위는 "귀하의 역량은 높이 평가됐다" "다음번에는 함께하기를 바란다" "귀하의 열정을 높이 산다"였다. 얼핏 보면 친절하지만 이런 불합격 통보가 역풍을 불러와 안내 방침을 바꾼 기업도 있었다. "귀하의 역량은 출중하나……불합격하셨습니다"라고 했던 대기업은 회장의 트위터로 지원자가 항의 메시지를 남긴 뒤에 문구를 완전히 바꿨고, 꽤 긴 이메일을 보내던 다른 기업도 비슷한 반발을 겪고는 표현을 손봤다.

금호석유화학의 문자 메시지도 위로와 격려를 담았다는 맥락에서 다른 기업과 크게 다르지 않았는데, 취준생들이 받은 느낌은 딴판이었다. "왜 마음이 따뜻해지는 거지?" "서류 광탈(광속 탈락)인데도 그 회사가 좋아졌다" "내년에 여기 다시 지원하고 싶다"라는 글이 커뮤니티에 올라왔다.

이 문자를 발송한 사람은 입사 3년 차 인사팀 직원이었다. 입사한 지 오래되지 않아서 취준생 시절의 고충을 기억하고 있었을 테다. 같은 말도 '아' 다르고 '어' 다른 미묘한 차이는 역시 공감의 깊이에서 비롯되는 거였다.

그는 서류 전형 합격자들에게도 문자를 보냈다. 다음 단계인 인·적성검사의 구성과 상식시험의 출제 경향을 안내했고, 지원자들이 가장 궁금할 신입사원의 연봉을 구체적으로 밝히면서 "(…)한 분, 한 분 모두 금호석유화학그룹에 소중한 분들입니다. 여러분 모두를 응원하며 시험 당일에 햄버거 세트를 제공할 예정이니 다른 사정으로 응시하지 못하시더라도 잠깐 들러서 식사하고 가십시오"라고 덧붙였다.

아까운 도시락

2019년 3월 온라인 커뮤니티에 글을 올린 이는 자기소개부터 시작했다. 4년 전 남편과 결혼하면서 다섯 살 딸을 함께 얻었다고 했다. 남편과 그의 전처 사이에서 태어난 아이. 그 작은 존재는 이 결혼에 대한 주변의 만류를 불렀고, 글쓴이 역시 잘 해낼 수 있을지 스스로에게 의구심이 들었다고 고백했다. 하지만 셀 수 없이 반복된 고민의 결론은 늘 같았다. 아이를 처음 봤을 때부터 왠지 낯설지 않았다. 주위의 어색한 시선이 느껴질 때마다 이 아이를 내가 품어야겠다는 의지가 솟았다고 한다. 인연이란 게 정말 있다면 이런 것이겠구나 하면서.

그렇게 가족이 된 아이는 말수가 적었다. 다섯 살을 '미운 다섯 살'이라고도 하고 '유아 사춘기'라고도 하던데, 이상했다. 떼를 쓰기는커녕 조잘대지도 않았다. 너무 과묵하고 어른스러웠다. 그럴수록 글쓴이는 애가 탔다. 왜 내게 곁을 주지 않을까, 아직 나를 받아들일 준비가 안 됐나, 혹시 내가 애한테 잘못한 게 있었던 걸까, 하는 의문이 초조함과 함께 밀려왔다.

둘이 같이 간 마트에서 아이가 장난감 하나를 만지작거리길래 갖고 싶냐고 말을 걸었더니 깜짝 놀라며 아무렇지 않게 내려놓는 모습을 보고 어찌나 가슴이 아프던지. 그런 나의 마음을 아이도 언젠가 알아줄 거라고 믿으며 참았다.

그렇게 4년의 세월을 담담히 전하던 글은 어느새 당시 이글을 쓰던 날 아침의 일로 이어졌다. 아홉 살이 된 아이가 학교에서 소풍 가는 날이었다. 글쓴이는 새벽부터 일어나 도시락 레시피를 뒤적였다. 흰 쌀밥을 주물러 앙증맞은 캐릭터 얼굴을 빚고 김으로 익살스러운 표정을 입혀서 주먹밥을 만들었다. 소시지는 칼집을 내 문어 모양으로 구웠다. 아이가 친구들에게 도시락을 자랑하는 모습을 상상하며 과일도 예쁘게 잘라 담았다. 도시락을 열면 호들갑을 떨진 않더라도 분명 웃음 지을 거라고 생각하면서 정성껏 준비해 보냈다.

아이가 소풍에서 돌아왔다.

"도시락은 어땠니?"

눈치를 보던 아이는 제 방으로 쏙 들어가 버렸다. 부끄러워서 그런가, 하면서 아이 가방에서 조심스레 도시락통을 꺼냈다. 뚜껑을 열자 손대지 않은 주먹밥이 눈에 들어왔다. 아침에 만든 주먹밥 얼굴이 흐트러짐 없이 남아 있었다.

이래도 웃지 않을래? 하듯이 웃긴 표정을 짓고 있는 주먹밥을 보는데 그만 눈물이 터져 나왔다. 언제가 됐든 아이의 마음이 열릴 때까지 기다리자고 다짐했던, 4년을 견딘 결심이 그 순간을 버티지 못했다. 가슴에서 무언가 내려앉았다. 스스로가 너무 바보 같다는 생각에 화가 치밀었고, 방에서 나와 슬그머니 다가오는 아이를 못 본 척했다. 그때 우물쭈물하던 아이는 눈물 고인 새엄마의 얼굴을 보더니 슬쩍 옆에 자리를 잡았다. 그러고는 그 작은 입으로 너무나 커다란 고백을 꺼냈다.

"도시락이요, 맛없어서 안 먹은 게 아니에요. 아까워서 못 먹은 건데…… 울지 마세요. 고마워요, 엄마."

아이를 와락 끌어안고 엉엉 울음을 터뜨리자 아이가 함께 울었다. 둘 사이에 가로놓여 좀처럼 무너지지 않던 벽이 마침내 녹아내리는 순간이었다. 글쓴이는 글을 마무리하면서 이렇게 적었다.

"엄마가 된다는 것은, 특히 새엄마로 산다는 것은 아주 힘든 일인데요, 동시에 너무나 행복하고 고마운 일이네요. 저, 이만큼 벅차도 되는 걸까요? 이렇게 행복해도 되는 걸까요?"

비와 치킨 사이

2020년 여름은 마른 날이 별로 없었다. 50일 넘게 장마가 이어졌고 태풍이 연달아 발생했다. 코로나 블루에 장마 블루까지 겹쳐 한층 가라앉은 마음을 달랠 방도가 없었다. 여행도 운동도 여의치 않은 터라 살찌는 것을 감수하고서라도 먹는 것에서 즐거움을 찾는 사람이 많았는데, 코로나와 장마에 외출이 쉽지 않았으니 배달시켜 먹는 것이 가장 수월했다.

비 오는 날의 배달 음식. 얼핏 합리적인 선택처럼 보이는 날씨와 배달의 조합은 어느 소설가를 딜레마에 빠뜨렸다. 그는 장마가 끝나갈 무렵 한 인간지에 칼럼을 쓰면서 "비가 오는데 음식을 배달시켜도 될까?"라는 질문을 놓고 그의 고민을 길게 적었다. 그 중에는 이런 대목이 있었다.

"(…)비가 오건 그렇지 않건, 배달 기사의 안전 운행은 오로지 그가 신경 써야 할 몫일까? 그게 아니라면, 배달 기사가 빗길을 달려와야 한다는 사실을 알면서 음식을 주문했다면, 그의 안전에 대해 우리도 약간은 책임을 져야 하는 걸까?(…)"

해마다 여름엔 비가 왔고, 그럴 때면 비슷한 고민을 하는 사람이 꽤 있었다. 2017년 7월 22일 비 내리는 중복에 몸보신할 방법이 달리 없었던 20대 청년은 치킨을 배달시켰다. 청년은 치킨을 들고 빗길을 달려온 배달원에게 음료수를 한 캔 건네며 말했다. "이렇게 비 오는 날 주문해서 죄송해요." 음료수를 받아든 채 배달원은 돌아갔고, 청년은 치킨을 먹었다. 그로부터 사흘 뒤 청년에게 문자 메시지가 한 통 도착했다. 발신인은 그 치킨집 주인이었다.

"안녕하세요. ○○치킨집이에요. 며칠 전 제 남편이 배달 갔는데 친절하게 음료수를 주셨다고 해서요^~^. 정말 감사해요. 남편이 뇌출혈로 식물인간으로 있다가 건강을 많이 회복해서 치킨집을 하게 되었어요. 배달하러 가면 말이 어눌하니까 술 마셨다고, 이상한 사람이라고, 가게로 항의전화도 오고 면박을 당하기도 해서 많이 좌절해 있었는데, 손님께 음료수를 받아들고 와서는 감동했다고, 다시 용기가 난다고 하네요.

머리 숙여 감사의 뜻을 전합니다!"

앞서 소설가의 칼럼 말미에는 이런 단락이 있었다.

"(비와 배달 사이에서 갈등하다 보면) 이쪽에서 어떤 태도가, 마음가짐이 중요하다고 적당히 타협할 수도 있다. 그럼으로써 우리는 최소한 더 나은 인간이 될 수 있다고……. 그게 제일 무난한 마무리인 것 같은데, 그런 주장도 나는 가끔 영 비겁하게 느껴지는 거다. 결국 한 일은 아무것도 없이 '나는 이런 고민을 하지 않는 다른 사람보다 낫다'라는 자기만족만 얻는 것 아닐까?"

소설가의 말처럼, 비 오는 날 배달원의 안전을 걱정하는 마음이 있다고 해도 빗길이 안전해지는 것은 아닐 테니 '위험할 텐데' 하면서 주문하는 것과 별 생각 없이 주문하는 것에는 아무 차이가 없을지 모른다. 하지만 저 치킨집 배달원에게는 엄청난 차이가 있었다. 비 맞으며 배달하는 이에게 청년이 미안해하며 건넨 한마디는 배달원이 평소 들었던 말과 조금 달랐고, 그를 짓누르고 있던 좌절을 용기로 바꿔줬다. 청년의 마음가짐에서 나온 말과 그것이 낳은 뜻밖의 효과. 그 덕에 시작된 청년과 여주인의 문자 대화는 조금 더 이어졌다.

"빗속에 배달시켜서 죄송한 마음에 작은 음료수를 드렸던 건데, 부끄럽네요. 많이 건강해지셨다니 정말 다행입니다. 비오는 날 맛있는 치킨을 먹을 수 있게 해주셔서 감사합니다. 저는 9월에 입대하는 학생인데, 군대에 가서도 항상 응원하겠습니다."

"멋있네요^~^. 건강히 잘 다녀오세요. 휴가 나오면 들러요. 시원~한 맥주 한 잔 드릴게요."

그깟 생활기록부

2019년 11월 8일 당시 고등학교 3학년이던 현재(가명) 군은 교무실에서 당혹스러운 마음을 애써 억누르고 있었다. 방금 본 '불합격' 세 글자가 너무 낯설었다. 원하던 대학의 수시 전형에 탈락했다는 뜻임을 모를 리 없었지만, 현실이 아닌 것 같았다.

머리로는 이해하겠는데 마음은 받아들이지 못하는 상황에서 가장 먼저 반 친구들이 떠올랐다. 내 응시 결과를 나만큼이나 궁금해하고 있을 아이들, 조만간 나처럼 이곳에 서서 마음을 졸여야 할 그들에게 탈락했다는 말을 꺼낼 엄두가 나지 않았다. 어쩔 줄 몰라 하는 표정을 볼 자신이 없었고, 애써 찾아낼 위로의 말이 위로가 되지 않으리란 것을 알았다. 교무실

밖으로 나가기가 두려웠다. 불합격했다고 털어놓는 순간 정말 현실이 될 것만 같았다. 10대 시기를 10년 가까이 살아오며 터득한 '혼자일 때도 필요하다'라는 교훈을 되뇌면서, 투명인간이 되는 기적이 일어나기를 기도하면서, 터덜터덜 교실로 돌아갔다.

응시한 다른 대학의 수시 발표가 아직 남아 있었다. 수능이 일주일 앞으로 다가오긴 했지만 정시를 노려볼 수도 있었다. 그러나 첫 발표에서 경험한 탈락의 충격은 생각보다 컸다. 보충수업도 뒤로한 채 가방을 챙겨 집으로 갔다. 생각이 흘러가는 대로, 몸이 움직이는 대로 행동했다. 미뤄둔 유튜브 영상을 보고, 인터넷 게임을 하고, 치킨을 먹었다. 스스로를 위로하듯 여러 일을 의식처럼 치른 뒤 샤워를 하며 피로를 씻어냈다. 그러다 문득, 고등학교 3년간의 노력이 고작 이렇게 끝날 수도 있다는 생각에 헛웃음이 나왔다.

대학은 과연 내 생활기록부에 적힌 나의 가치를 제대로 읽은 걸까. 게다가 그 생활기록부에 나의 진짜 모습이 들어 있기는 한 걸까. 현재는 머릿속에서 솟구치는 여러 의문을 안고 수험생들이 모이는 인터넷 카페에 접속했다. 자신과 같은 시간을 보내고 있을 많은 고3에게 다음과 같은 제목의 편지를 썼다. 〈우울한 상태로 폰을 보고 있는 네가 이 글을 봐주면 좋

겠어〉

"수시 탈락의 고배를 마신 나는 당연히 보충수업도 듣지 않고 집으로 왔어. 샤워하는데 수많은 생각이 들더라. 내 3년간의 노력이 오늘 하루로 끝난다고 생각하니까 너무 웃픈 거야. ㅋㅋㅋ 그러다 보니 자연스럽게 생활기록부가 정말 나의 진짜 '생활'을 기록했을까 하는 의문이 들더라. 거기에 있는 게 진짜 나인지…….

결국 내가 말하고 싶은 건 이거야. 생활기록부와 내신 성적으로 '너'라는 사람의 가치를 판단할 수 없고 알 수도 없어. 왜냐면 생활기록부에는 학교가 끝나고 친구들과 떡볶이를 먹으며 짓는 너의 환한 미소, 먼저 버스에 오른 친구의 교통카드에 잔액이 없을 때 '학생 2명이요'라고 말해주는 너의 배려, 재치 있는 농담으로 친구들을 웃게 해주는 너의 센스가 담길 수 없거든.

대학에서 널 붙여주지 않았다고 해서 그게 너라는 사람의 가치가 그 정도라는 뜻은 아니야. 물론 이런 말을 들어도 당연히 짜증나고 기분 더럽고 화나겠지. 이해해, 그러는 게 지극히 정상이니까. 그렇다고 너 자신을 비난하거나 비관적으로만 보지 않았으면 좋겠어. 3년 동안 생활기록부 채우고 내신 올리려고 쏟았던 시간이 막 허무하고 그래? 그럼 네가 3년 동안 쌓은 친구들과의 추억은?

많은 사람이 대학으로 인생이 결정된다고 생각하지만, 인생은 대학이 만들어 가는 게 아니라 네가 만들어 가는 거야. 네가 지금의 현실에 좌절해서 앞으로 마주하는 어떤 상황에도 부정적이고 자신 없게 행동한다면 그때부터가 큰일인 거야. 너는 아직 인생의 5분의 1도 살지 않았어. 그 시간을 아깝게 보낼 거야? 고작 5분의 1밖에 안 왔는데?(…)"

2019년, 높은 지위에 있는 사람들이 자녀의 수시 합격을 위해 편법과 불법을 동원한 일로 세상이 떠들썩했다. 교수 아버지의 논문에 고교생 자녀가 공동 저자로 이름을 올렸다가 들통나서 대학마다 진상조사를 벌였고, 인턴 경력과 수상 실적을 부모 찬스로 얻어내는 문제가 사회 이슈로 오랫동안 회자되었다.

이런 와중에 입시를 준비하느라 더 힘들었을 수험생들에게 "생활기록부가 진짜 우리 생활을 기록해?"라고 말하는 현재의 한마디는 울림이 컸다. 많은 열아홉 살이 댓글을 남겼다. 가장 가고 싶었던 대학에 떨어졌다는 고3, 주위에서 합격 소식이 들려오는데 자기만 불합격해 속상했다는 고3, 가족들이 걱정할까 봐 사흘 내내 입을 틀어막고 울었다는 고3이 "내일 나올 결과도 비관적으로 생각하고 있었는데 이 글을 보니까 힘이 난다." "나 자신이 부정당한 느낌에 계속 울기만 했는데……"
하면서 현재의 위로에 고마워했다. "수능이 며칠 안 남았지만
마지막까지 어떻게든 해보겠다"라고 다짐하는 글도 보였다.
생활기록부를 포장하려고 온갖 편법을 마다하지 않는 세상이
라지만, 그깟 생활기록부가 뭐냐고 이렇게 위로하는 누군가도
있었다.

2

작은 손길이
오랫동안

빛나는 순간

우중동행 雨中同行

비가 내리는 날이었다. 2018년 8월 30일 오후 충북 괴산 경찰서 불정파출소의 엄기운 경위와 최창회 경사는 폭우 피해 점검에 나섰다. 순찰차를 타고 관내 이곳저곳을 살피며 다니다가 어느 도로에서 느릿하게 움직이는 전동 휠체어와 맞닥뜨렸다. 휠체어는 웬만한 성인의 걸음보다 느렸고, 80대 할머니가 우산도 없이 비를 몽땅 맞으며 휠체어를 타고 있었다. 엄경위와 최경사는 차에서 내려 할머니에게 갔다.

"할머니, 위험해요. 순찰차로 모셔다 드릴게요."

"아녀, 거의 다 와 가."

"이 빗속을 어떻게 가요."

"괜찮아유. 일들 보셔유."

차에 타시라고 거듭 권했지만 할머니는 뭐가 그리 내키지 않으시는지 요지부동이셨다. 결국 설득을 포기한 경찰관들은 할머니와 동행을 택했다. 최 경사는 순찰차에서 우산 두 개를 꺼냈고, 하나를 할머니 머리 위로, 다른 하나를 자기 머리 위로 들고 휠체어 옆에서 나란히 걸었다. 그 뒤를 엄 경위가 순찰차를 몰고 천천히 따라갔다.

퍼붓는 빗줄기가 더는 할머니를 때리지 못하게 우산으로 막고, 도로를 지나는 차들이 휠체어를 덮치지 못하게 순찰차로 막으면서 30분을 더 갔더니 할머니 집이 나왔다. 그러니까, 이들이 아니었다면 할머니는 위험한 도로에서 30분이나 더 비를 맞아야 했던 것이다. 최 경사는 우산 두 개를 든 채로 그 빗속에서 30분을 걸었다. 충북경찰청의 SNS 관리자는 엄 경위가 순찰차에서 찍은 사진을 페이스북에 올렸다. 할머니의 휠체어와 우산 든 최 경사의 모습이 차창의 빗물에 번져 흐릿하게 보였다.

정류장 앞 핫도그

서울 낙성대역 부근의 핫도그 가게 유리창에 어느 날 안내문이 붙었다. 가게 앞에 마을버스 정류장이 있었다. 요즘 정책들은 무척 세심해서 여름이면 정류장에 파라솔을 세워 그늘을 만들어 주고, 겨울이면 바람막이를 설치해 칼바람을 막아준다. 얼마나 기다리면 되는지 가늠할 수 있게 버스 도착 시간을 알려주는 전광판도 있다.

이런 친절은 결국 세금이 드는 일이며 예산은 늘 부족한 법이어서 마을버스가 굽이굽이 다니는 길까지 이르지 못하는 경우가 많다. 핫도그 가게 앞의 정류장도 그랬다. 파라솔도, 바람벽도, 의자도, 전광판도 없었다.

이른 더위가 찾아왔던 2017년 5월, 가게 주인 김승철 씨는 정류장에서 버스를 기다리는 할아버지를 보았다. 비좁은 인도에서 그늘도, 앉을 곳도 없어 힘겨운 기색이 역력했다. 가게 안으로 모시고 들어가 물 한 잔을 건네며 버스가 올 때까지 앉아계시라고 했다. 버스가 도착해 할아버지가 떠난 뒤 그는 안내문을 썼다. '할머니, 할아버지 날이 더워집니다. 버스 기다리기 힘드시면 가게 안으로 들어와서 기다리세요. 핫도그 안 사드셔도 됩니다. 시원하게 에어컨 틀어놓을게요.'

그 안내문을 어떤 주민이 사진으로 찍어 인터넷에 올리면서 화제가 됐다. 착한 가게라는 칭찬이 이어지자 김 씨는 안내문을 한 장 더 붙였다.

'격려와 응원 깊이깊이 감사드립니다. 잊지 않겠습니다. 변치 않겠습니다.'

2주 뒤 방송사 취재팀이 찾아갔을 때 극구 사양하다 인터뷰에 응한 그는 "더위 피하러 가게에 들어오는 어르신이 아직 많지 않다. 폐가 될까 봐 그러시는 것 같다"라고 했다.

그해 11월, 안내문이 다시 바뀌었다.

"날이 많이 쌀쌀해졌어요. 몸 녹이고 가세요. 비 오면 우산 빌려 가세요. 물론 안 사드셔도 돼요. 이웃인걸요.

20번 마을버스 배차 간격: 8분, 28분, 48분."

겨울철 안내문은 한층 업그레이드돼 있었다. 승객에게 우산을 빌려주는 몇몇 지하철역을 벤치마킹한 듯 우천시 우산 제공 서비스가 추가됐고, 마을버스 배차 시간을 안내해 이 정류장에 없는 버스 도착 알림 전광판의 아쉬움을 달랬다. 그리고 왠지 따뜻해 보이는 글씨로 "이웃인걸요"라고 덧붙였다.

선뜻 가게 문을 열지 못하는 할머니, 할아버지의 부담을 어떻게 덜어드릴 수 있을지, 계절이 바뀌는 동안 가게 주인도 많이 생각한 듯했다. 아무리 큰 정부라도 우리 삶의 모든 구석을 보살펴 주지는 못한다. 세금의 손길이 닿지 않는 곳까지 이렇게 채워주는 사람들이 우리 주변에 있다. 그들의 이웃으로 사는 건 꽤 근사한 일이다.

배달 가는 길

차들이 양쪽으로 갈라져 응급 차량에 길을 열어주는 모세의 기적. 이제 한국 도로에서 어렵지 않게 볼 수 있는 장면이 됐는데, 그 기적을 만들어 내는 '모세'가 등장하는 흔치 않은 일이 일어났다.

2020년 6월 12일 울산의 한 건물 지하에서 예순아홉 살 인부가 페인트 작업 중 쓰러져 실신했다. 동부소방서 구급대가 출동해 그를 태우고 동강병원 응급실로 달리기 시작했다. 성남지하차도에 이르자 편도 2차로가 꽉 막혀 있었다. 오후 6시가 조금 지나 퇴근길 정체가 시작된 터였다. 중앙선 너머 반대편 차로도 차들이 붐벼서 뚫고 나갈 틈이 보이지 않았다. 구급차가 요란하게 사이렌만 울리며 제자리걸음을 하고 있을 때,

그 소리를 들으면서도 갓길이 충분치 않아 차들이 머뭇거리고 있을 바로 그때, 어떤 배달 오토바이가 나타났다.

구급차 블랙박스에 찍힌 동영상을 보면 오토바이는 화면의 왼쪽, 그러니까 중앙선 쪽에서 모습을 드러냈다. 뒤쪽에 있다가 중앙선을 살짝 넘어 구급차를 앞지른 듯했다. 두 줄로 늘어선 차들 사이로 비집고 들어가더니 지그재그로 전진하기 시작했다. 오토바이 배달원은 좌우 차량의 운전자들을 향해 목이 터져라 소리를 지르며 수신호를 보냈다.

그가 외친 말은 길을 터달라는 부탁이었고, 그의 손짓은 차를 양옆으로 조금씩만 옮기면 된다는 뜻이었다. 지휘자의 작은 손놀림에 일제히 화음을 만들어 내는 오케스트라처럼 그 많던 차들이 배달원의 손짓에 따라 좌우로 비켜섰고, 그렇게 열린 길을 구급차는 달려갔다. 성남지하차도에서 동강병원까지 가는 내내 오토바이는 구급차 앞에서 선도차 역할을 했다. 계속 막혔다면 한 시간은 걸렸을 거리를 20분 만에 주파할 수 있었다.

울산의 모세는 스물여덟 살 정영교 씨였다. 주문이 들어온 치킨집에 배달할 치킨을 가지러 가는 길이었다. 환자를 무사히 이송한 구급대원들이 블랙박스 영상을 공개하며 이 일은 알려졌다. 정 씨는 "차들이 어떻게 길을 터줘야 할지 모르는 것 같았다. 정리할 사람이 필요하겠다는 생각이 들었다"라고 당시 상황을 설명했다.

정 씨에게도 구급차에 실려 간 경험이 있었다. 2010년에 당한 교통사고로 그는 태권도 선수의 길을 접어야 했다. 그때 조금만 더 빨리 병원에 옮겨졌다면 운동을 계속할 수 있지 않았을까 하는 아쉬움이 가슴 한구석에 남아 있었다. 그는 길을 터주기 위해 도로에 뛰어들면서, 누군지 모르지만 구급차에 타고 있는 이에게 자신과 같은 일이 생기지 않았으면 좋겠다고 생각했다. 정 씨가 배달하려던 치킨은 바삭한 맛의 골든타임을 훌쩍 넘겨버렸지만, 그 환자는 늦지 않게 병원에 도착해 건강을 회복했다.

'늦어도 괜찮아' 캠페인이 벌어질 만큼 배달원들이 목숨 걸고 치킨을 실어 나르는 세상. 배달시킨 치킨이 조금 늦더라도 초조해하지 말자. 그 치킨을 가져오는 이가 힘겹게 자신의 생명을 지키고 있을지도, 용감히 누군가의 생명을 구하고 있을지도 모른다.

1초의 기적

일과를 마친 저녁, 여느 때와 다름없는 하루였다. 지친 몸으로 인터넷 뉴스를 뒤적이던 아빠는 소스라치게 놀랐다. 사거리 교차로로 굴러간 유모차를 어떤 택배 차량이 가로막은 덕에 아이가 다치지 않았다는 소식이 눈에 박혔다. 보고 또 봐도 유모차가 낯익었다. 자신이 아이를 위해 샀던, 아이가 늘 타고 다니는 그 유모차가 틀림없었다.

뉴스는 2018년 4월 온라인 커뮤니티 '보배드림'에 올라온 영상을 토대로 작성돼 있었다. 그 현장에 있던 목격자가 자기 차의 블랙박스 영상 중 일부를 올린 거였다. 첫 화면은 누군가 핸들을 놓쳐버린 유모차가 교차로를 향해 미끄러지듯 굴러가는 장면이었다. 유모차에는 아이가 타고 있었고, 교차로는 차들이 바쁘게 오가는 곳이었다. 계속 굴러갔다면 달려오던 차와 정면으로 충돌할 게 뻔했다.

그때 좌회전하던 택배 차량이 갑자기 속도를 줄이더니 교차로 가장자리에 멈춰 섰다. 유모차는 그 택배차와 살짝 추돌하고 그 자리에 섰다. 아직 속도가 붙기 전이어서 추돌의 충격은 미미했다. 넘어지거나 기우뚱거리지도 않고 그대로 정지할 수 있었다. 교차로를 향해 굴러가는 것을 보고 놀라서 달려온 행인이 재빨리 유모차를 인도로 옮겼고, 아이는 무사히 보호자의 품으로 돌아갔다. 택배차 운전자는 아이가 안전한 곳으로 옮겨질 때까지 그 자리에 멈춰 서서 지켜보다가 유유히 현장을 떠났다.

유모차의 핸들을 놓친 보호자는 아이의 할머니였다. 순간의 실수로 아찔한 상황이 벌어졌고, 유모차를 붙잡으려 뛰어가다 넘어져서 얼굴을 다쳤다. 손주를 잃을 수도 있었던 순간, 할머니는 그 10여 초가 어느 때보다 길게 느껴졌을 것이다. 택배차가 막아서지 않아 손주가 끔찍한 사고라도 당했다면 큰 죄책감에 시달렸을 게 분명했다.

아이 아빠는 뉴스를 본 뒤에야 상황을 알게 됐다고 했다. 곧장 그 택배 기사를 찾아 나섰다. 영상 속 택배차에 회사 로고가 새겨져 있어 그를 찾는 일이 수월했다. 그 회사에 근무하는 다른 택배 기사를 통해 그의 연락처를 알아낸 아이 아빠는 전화를 걸어 감사의 마음을 전했다. 만나서 사례를 하고 싶다고도 했다. 의인들이 대개 그렇듯 택배 기사는 답례를 바라고 한 게 아니라고 거절했지만, 아이 아빠의 거듭된 부탁에 결국 만나서 식사를 함께했다.

위기의 순간에 정확한 판단을 내린 기사의 신중함, 제 일처럼 달려온 시민의 재빠른 발걸음, 손주의 안전을 바란 할머니의 간절함, 이 모든 게 합쳐져 한 아이의 생명을 구했다. 이 기적은 택배차가 정확한 타이밍에 멈춰 선 그 1초 남짓한 시간에 탄생했다. 하루 8만 6,400초 중 겨우 1초. 누군가를 간절히 찾아 나서야 하는 일이 벌어지기에 충분한 시간이었다.

사소한 배려

"잔액이 부족합니다."

버스에 올라 교통카드를 대자마자 단말기는 이런 음성을 토해냈다. 분명히 계산을 해보고 탔는데, 어디선가 셈이 잘못된 모양이었다. 재석(가명) 씨는 아찔했다. 서른을 훌쩍 넘긴 나이에 버스 요금이 없어서 난처한 상황을 겪게 됐다. 2019년 11월의 그날은 '그깟' 1,200원조차 없었다.

비가 추적추적 내리는 아침에 집을 나서면서 재석 씨는 머릿속으로 이달 들어 버스 탄 횟수를 꼽았다. 지갑은 비어 있었다. 현금 한 푼 없이 버틴 지 사흘째. 선불 교통카드 한 장이 당시 그가 가진 전부였다. 버스 한 번 더 탈 여유는 있겠다 싶었는데, 단말기는 어림한 계산의 오차를 정확히 짚어냈다. 그는 쭈뼛쭈뼛 기사에게 다가가 목소리를 낮춰 말했다.

"죄송합니다. 문 좀 열어주세요."

"그냥 카드에 남아 있는 돈만 내고 타세요."

고마운 배려였지만 "감사하다"라고 대답하지 못했다. 단말기에 찍힌 잔액이 0원이었다.

"죄송합니다. 제 카드에 잔액이 없어요."

"그럼 그냥 타세요. 허허."

기사는 대답을 기다리지 않고 버스를 출발시켰다. 재석 씨는 버스 안쪽으로 들어가 자리를 잡았다. 밖에는 아직도 비가 내리고 있었다.

재석 씨는 몇 주 뒤 이런 이야기를 아살세팀에 털어놓으며 "그날 막다른 골목에 선 심정으로 버스에 올랐었다"라고 운을 뗐다. 정말 열심히 살았는데, 버티고 또 버텼지만 빚이 자꾸 늘었다. 끝인 줄 알았던 바닥의 아래에는 또 다른 바닥이 있었다. 필사적으로 발버둥 치는 만큼 빠르게 지쳐갔다. 그래도 주저앉아 있을 순 없어서 일하러 나선 길이었다.

"그 버스에서 그대로 내렸다면 정말 비참했을 거예요. 절망했을 겁니다. 1,200원은 푼돈이지만 월세에 통신비까지 밀렸던 저한테는 다 포기하게 만들 수 있는 돈이더라고요. 버스

문이 열렸다면 포기했을 거예요. 끝까지 열어주지 않은 기사님이 너무 고마워요."

이 일이 있고 나서 그는 차츰 형편이 풀려 밀린 돈을 조금씩 메꾸고 있다고 했다. 지갑에도 적은 액수지만 현금을 넣고 다니게 됐다. 그 버스에서 '어떻게든 길이 생기는구나, 아직 희망이 있나 보다'라고 생각하게 된 덕분이라고 그는 믿고 있었다.

아내가 밤늦게 갈비탕을 먹고 싶다고 했을 때 남편은 그렇게 반가울 수 없었다. 아기를 가졌는데 입덧이 심해서 좀처럼 먹지 못하던 터였다. 몇 번 함께 갔던 천안의 그 식당에 곧바로 전화를 걸었다.

"사장님, 갈비탕 한 그릇 포장해 주세요. 바로 가지러 갈게요. 집사람이 먹을 건데 임신 중이에요."

서둘러 달려간 식당에는 주문한 갈비탕이 막 포장돼 있었다. 사장님은 "그냥 가져가라"면서 한사코 돈을 받지 않았다. 집으로 돌아와 열어보니 갈비탕과 함께 군고구마 두 개와 짤막한 편지가 들어 있었다.

"제 집사람이 임신했을 때 호박죽을 먹고 싶대서 새벽 1시에 시내를 돌아다니던 기억이 나네요. 몸조리 잘하시고 건강하시길 진심으로 바랍니다. 잊고 있던 추억을 되새김해 주셔서 감사합니다. 감사의 뜻으로 오늘은 제가 쏩니다."

편지와 고구마를 들고 아이처럼 소리 내 울던 아내는 그동안 눌러둔 응어리가 있었다. 부부는 천안에서 살지만, 그 도시에 연고가 없다. 많은 것을 바라지도 않았는데 일이 잘 안 풀려서 이 도시, 저 도시를 쫓겨 다니듯 전전하다 천안에 정착한지 얼마 되지 않았다. 인생에서 가장 중요한 일 중 하나인 임신과 출산의 시간을 낯선 도시의 낯선 사람들 틈에서 보내게된 아내. 모든 게 무섭고 막막했는데, 생계를 위해 분투하고 있는 남편에게 다 꺼내놓을 수도 없었다. 위로가 필요했던 순간, 갈비탕과 함께 군고구마와 편지를 받았다.

2018년 3월 21일, 서울에 갑자기 눈이 쏟아졌다. 꽃이 피어야 할 시기에 퍼부은 눈은 황당했고, 바람까지 세차게 불어 시작된 눈보라는 당황스러웠다. 지하철 청구역 2번 출구를 빠져나오던 엄마는 난데없는 상황에 걸음을 멈춰야 했다. 우산은 당연히 챙겨 나오지 못했고, 생후 10개월 된 아이까지 품에 안고 있었다.

프리랜서로 일하는 터라 근무지는 집인데, 볼일이 있어 오랜만에 외출한 거였다. 눈보라는 쉽게 멈출 기세가 아니었다. 우산을 살 곳도 딱히 보이지 않았다. 그냥 뛰어가면 될까? 어디 들어가서 그칠 때까지 기다릴까? 들어갈 만한 곳은 있을까? 여러 생각이 복잡하게 뒤엉키고 있을 때 옆에서 한 여성이 불쑥 손을 내밀었다. 분홍색 우산을 든 손이었다.

"이거 쓰세요."

여성의 다른 손을 살폈는데, 다른 우산은 보이지 않았다. 자신이 써야 할 우산을 내주는 거였다. 너무 미안했지만, 아이를 안고 가려면 받아야 했다.

"정말 고마워요. 연락처 좀 알려주시면……."

나중에 사례라도 하려고 여러 차례 묻는 엄마에게 여성은 끝내 연락처를 말해주지 않고 사라졌다. 그 우산 덕분에 무사히 일을 마치고 귀가한 그는 〈청구역 2번 출구에서 만난 천사〉라는 글을 인터넷에 올렸다. 눈을 맞고 들어와 지금 마시는 차 한 잔보다 그분의 마음이 더 따뜻했다고 적었다.

"저는 운이 좋은가 봐요. 임신했을 때도, 아이와 다닐 때도 배려해 주시는 분을 많이 만나네요. 좋은 분들 참 많아요."

버스비 1,200원과 군고구마 두 개와 작은 우산 한 개. 이렇게 사소한 배려가 어떤 효과를 만들어 냈는지 베푼 사람들은 아마 모를 것이다.

휴게소의 영웅들

농구선수였던 방송인 하승진 씨는 2019년 12월 14일 밤 인스타그램에 장문의 편지를 올렸다. 수신인은 그날 오후 6시쯤 서울·양양고속도로 하행선 가평휴게소에 있던 사람들이었다. 누구인지, 몇 명인지 아무런 정보도 없이 그들에게 감사를 드린다고 했다. 눈앞이 캄캄해진 날이었다. 아찔했던 시간이 지나자 안도감이 밀려왔는데, 그제야 자신에게 무척 놀라운 일이 벌어졌음을 깨달았다고 말했다.

하 씨가 가족과 함께 주말 나들이에 나선 길이었다. 강원도 홍천으로 방향을 잡아 고속도로에 들어섰다. 가평휴게소를 500미터쯤 앞뒀을 때 두 살배기 딸 지해가 어딘가 이상했다. 눈동자가 초점을 잃더니 팔다리가 경직돼 갔다. 숨을 제대로 쉬지 못하는 것 같았다. 아내가 먼저 알아채 소리를 질렀고 하 씨는 급히 휴게소로 핸들을 꺾었다. 불과 몇 초 만에 벌어진 일이었다.

주차장에 차를 세우자마자 그는 뒷좌석의 지혜를 두 팔로 안아 들었다. 키가 221센티미터인 아빠의 높다란 가슴에서 딸의 팔다리가 힘없이 축 늘어졌다. 소리쳐 불러도 반응이 없었다. 의식을 잃은 것 같았다. 아빠는 딸을 안고 뛰기 시작했다. 제대로 호흡하지 못하는 지혜의 입에 자기 입을 대고 숨을 불어넣으며 달렸다. 어디로 가야 할지 생각하는 것은 불가능했다. 그럴 겨를이 없었다. 본능이 시키는 대로 달려간 곳은 휴게소 건물 앞 광장이었다. 그곳에 사람들이 있었다.

하 씨는 광장 바닥에 지혜를 눕혔다. 아내가 119 구조대에 전화를 거는 동안 그는 아이의 그 작은 가슴을 두 손으로 누르며 심폐소생술을 시도했다. 아빠는 아무것도 보이지 않았을 것이다. 어떤 소리도 들렸을 리가 없다. 의식이 없는 지혜의 얼굴만 보았을 테고, 딸의 숨소리가 들리는지에만 신경을 곤두세웠을 것이다.

딸을 살리려 몸부림치는 아빠 곁에 광장을 오가던 사람들이 몰려들었다. 무슨 일인지 묻는 이는 없었다. 어떤 사람은 지혜의 팔을 붙들고, 어떤 사람은 다리를 잡고 주무르기 시작했다. 누군가 입고 있던 옷을 벗어 지해에게 덮어줬다. 체온이 떨어질까 봐 그렇게 하는 모습을 본 다른 누군가는 차에 가서 담요를 가져와 지해를 감쌌다. 아이는 의식을 잃으며 몸의 근육이 이완된 탓인지 소변이 흘러나온 상태였다. 사람들은 조금도 개의치 않고 지해를 주무르고 쓰다듬고 어루만져주며 아빠와 딸의 곁을 지켰다.

얼마 후 지해의 의식이 희미하게 돌아왔다. 마침 119 구조대가 도착해 춘천의 대학병원 응급실로 옮겼다. 진단은 고열성 경련. 지해는 치료를 받고 한 시간쯤 지나서 안정을 찾았다. 하 씨는 가족과 무사히 귀가할 수 있었다. 그리고 인스타그램에 이렇게 썼다.

"겁에 질려 있던 우리 가족을 그 휴게소에 있던 많은 시민이 도와주시지 않았다면, 그래서 대응이 몇 초만 더 늦었다면 생각하고 싶지 않은 상황이 벌어졌을지도 모릅니다. 각박한 세상이라고 하지만 사실은 감사한 세상이라는 것을 오늘 느꼈습니다. 도움이 필요한 사람에게 손 내밀기를 마다하지 않는 시민 의식에 감사함과 자부심을 느꼈습니다. 지해를 구해주신 많은 시민과 구조대원께 진심으로 감사드립니다. 저도 세상을 둘러보며 도움이 필요한 곳에 더욱 신경 쓰면서 살겠습니다."

고속도로 휴게소는 아주 다양한 사람이 모이고 또 흩어지는 곳이다. 같은 도로를 가다가 비슷한 시간에 생리현상을 느꼈다는 게 찾는다면 굳이 찾을 수 있는 공통점인 사람들. 완벽한 타인들이 고작 10분, 20분을 머무는 공간에서 위기에 처한 한 아이가 목숨을 건졌다. 그 아이를 살리는 일에 기꺼이 뛰어든 이들을 아빠는 이렇게 불렀다.

"당신들은 제 영웅입니다."

왕따와 흙수저

2019년 12월 대입 수험생들이 모이는 온라인 수능 커뮤니티에 자신의 합격을 알리는 두 학생의 글이 며칠 간격을 두고 올라왔다. 청춘을 걸고 도전해서 보란 듯이 통과한 기쁨이 얼마나 컸을까. 행복에 취해 귀엽게 써 내려간 간지러운 글이려니 생각하며 클릭해 들어간 그 인터넷 공간은 웬걸, 눈물바다가 돼 있었다.

첫 번째 글을 올린 남학생은 중학교 시절부터 지독하게 외로웠다고 했다. 엄마가 없다는 이유로 왕따를 당했다. 잠깐 견디면 될 줄 알았던 지옥은 끝날 줄 몰랐다. 고등학교에 와서도 이어진 따돌림과 괴롭힘에 탈출구는 없었다. 쌓이고 쌓인 상처는 가슴 한복판을 뻥 뚫어버렸다. 숨만 쉬어도 고통스러웠다. 언제나 쓸쓸했던 마음을 유일하게 달래준 것은 그림을 그리는 일이었다. 텅 빈 공책이 자기 모습 같았던 것일까. 그 공백을 채워나가는 일에 점점 끌렸고, 무언가를 그려서 한 장을 가득 채울 때마다 마음속 공허함도 어느 정도 채워지는 기분이었다.

그렇게 지내던 고등학교 1학년 미술 시간. 갑자기 들려온 "잘 그렸네!" 하는 칭찬이 귓등을 때렸다. 그 말은 '때렸다'라고 표현해야 할 만큼 충격적이었다. 누군가에게 칭찬을 받는 순간이라니. 한 번도 누려본 적 없고, 상상해 보지도 않았다. 비현실적인 경험을 선사해 준 사람은 그 수업을 담당하던 미술 선생님이었다.

인연인지, 운명인지 그 선생님은 2학년 때 그의 담임이 됐다. 기다렸다는 듯이 미술을 시작해 보라는 조언을 했다. 배우려면 돈이 드는 분야였지만 좋은 선생님과 좋은 재능이 있으면 못할 일도 아니었다. 그림을 그리면서 덕분에 몇몇 친구와 가까워졌다. 그래도 왕따라는 꼬리표는 쉽게 뗄 수 없었다. 괴롭히는 무리가 아직 남아 있어서 여전히 그를 움츠러들게 했다. 할 수 있는 일은 선생님의 응원을 믿고 대입 미술 실기를 차근차근 준비해 가는 것뿐이었다.

서울의 한 대학에서 수시 합격자를 발표하는 날이었다. 미술 우수자 전형 합격자 명단에서 자신의 이름을 확인하는 순간 해냈다는 기쁨이 밀려왔다. 괴롭혔던 아이들, 옆에 없는 엄마, 혼자 앓았던 시간 그 모두가 빠르게 머리를 스쳐갔다. 익숙하지 않은 희열을 어떻게 누려야 하는지 몰라 우왕좌왕하고 있을 때 선생님의 문자가 도착했다. 그는 펑펑 울어버렸다.

"인생을 살면서 열 명의 사람을 만나면 그중 셋은 나를 아무 이유 없이 싫어하고 다른 셋은 나를 아무 이유 없이 좋아한다더라. 그리고 나머지 넷은 내가 어떤 사람인지에 따라 나를 좋아할 수도, 싫어할 수도 있대. 선생님은 이 말을 듣고 문득 네가 생각났어. 그동안 네게 상처를 준 사람들은 네 인생에서 만나야만 하는 '아무 이유 없이 나를 싫어하는 사람들'이었던 거야. 그럼 앞으로의 인생에서는 너를 좋아하거나 좋아하게 될 사람들을 만날 일만 남은 거지. 그림을 잘 그리니까 사람들이 너의 그림을 좋아해 줄 거고, 넌 많은 사랑을 받게 될 거야.

1학년 첫 미술 시간에 네가 그렸던 풍경화 속 무지개를 보고 선생님이 했던 말 기억나니? '색채가 너무 아름다운 게 마치 네 마음을 닮았다'라고 했잖아. 이제 남은 인생은 그 그림 속 무지개처럼 밝게 빛날 거야. 담아둔 마음의 상처를 그 무지개색으로 채색해서 작품으로 내놓을 수 있는 날을 선생님은 기다릴게. 합격을 다시 한번 축하해."

수능에는 너무 많은 것이 걸려 있다. 학생은 인생을 걸고, 부모는 자식의 미래를 걸고, 교사는 교육의 성패를 건다. 시험이 인생의 전부냐고 쿨하게 말하다가도 막상 당사자가 되면 어느새 집착하게 되는 시험. 두 번째 합격 후기를 올린 수험생은 그 시험을 준비해 온 과정을 소개하면서 〈지독했던 2년〉이라고 제목을 붙였다.

　고등학교 2학년 때 아버지 사업이 망하면서 그의 집안은 무너졌다. 억대의 빚이 가족의 어깨를 짓눌렀다. 왜 하필 이렇게 중요한 시기에 일이 터진 건지, 원망하는 마음조차 사치스럽게 느껴질 만큼 집은 어려웠다. 결국 학교를 그만두고 낮에는 동네 독서실 총무로, 저녁부터 다음 날 새벽까지는 편의점 아르바이트생으로 일했다. 그의 표현처럼 '흙수저 중의 흙수저'가 됐는데, 그래도 책을 폈다. 독서실에서 알게 된 학생에게 부탁해 인터넷 강의를 들었다. 지역 청소년 지원센터에 도움을 청해 중고 수능 교재도 받았다. 대학에 들어간다 해도 등록금과 생활비가 걱정된 그는 2년간 아르바이트하며 1,000만 원을 모았고, 그 돈으로 대학 등록금을 낼 생각이었다. '학교 밖 청소년'으로 신분이 바뀐 만큼 가야 할 길은 더 멀고 복잡해졌다. 그 길을 혼자 묵묵히 걷는 수밖에 방법이 없었다.

　시험 응시 자격을 얻고, 수능을 치르고, 입시 전형을 마무리한 뒤 받아든 결과는 목표했던 서울의 한 대학에 합격했다는 통지였다. 더 기쁜 소식은, 청소년센터 장학생에 선발돼 등록금을 지원받을 수 있다는 것이었다. 모아둔 1,000만 원은 고스란히 그의 수중에 남게 된 셈이었다. 그는 이런 소감을 전하며 글을 끝맺었다.

"내일 이 돈을 빚 청산에 보태시라고 아버지에게 드릴 거야. 아직 빚이 많이 남아서 갈 길은 먼데, 그래도 합격하고 나니 눈물이 난다."

다음 날, 아버지는 아들의 돈을 받지 못했다. 대신 "아빠가 너 고등학교 1학년 때 했던 말 기억나니?"라고 시작하는 긴 문자 메시지를 보내왔다. 아들은 그 메시지를 다시 커뮤니티에 올렸다. 카카오톡 화면을 캡처해 올리기만 했을 뿐, 아무 말도 덧붙이지 못했다. 아마 울고 있었을 것이다.

"아들아, 인생은 연극과 같단다. 어느 연극이나 그렇듯이 늘 중간에 조명이 어두워지는 순간들이 오지. 그때가 지나고 나면 새로운 장면으로 전환되곤 하잖아. 인생에서도 무대 위 조명이 어두워지는 순간들이 아무도 모르게 찾아온단다. 그 어둠 속에서 두려움과 긴장감이 나를 집어삼킬 것 같더라도 놓치지 않아야 하는 건 나 자신에 대한 믿음이야.

스스로에 대한 믿음을 부여잡은 채 그저 다음 장면을 위해 묵묵히 준비하면 되는 거야. 내가 너를 고등학교에 보내기까지 조명이 꺼지는 순간이 셀 수 없이 많았다. 하지만 그 순간에도 내가 절대 놓지 않았던 건 아버지로서 가진 스스로에 대한 믿음이었어.

나의 과오로 널 지원해 주지 못해 항상 미안하다. 하지만 이 아버지는 아버지라는 연극의 무대에서 조명이 밝아지는 순간을 위해 묵묵히 인내하고 노력할 테니, 너는 밝아진 무대 위에서 다시 한번 너만의 연극을 만들어 가거라. 그리고 네가 말한 1,000만 원은 앞으로 네 인생의 연극을 위해 쓰길 바란다. 고맙다. 내 아들이어서 네가 늘 자랑스럽다."

청년의 하루

2017년 6월 박소원 씨는 대구의 프랜차이즈 빵집에서 아르바이트를 하고 있었다. 온종일 진열된 빵을 정리하고, 웃는 얼굴로 손님을 맞이하고, 포장과 계산을 하는 일이었다. 문 열리는 소리가 나더니 손님이 들어왔다.

느닷없이 소원 씨에게 온갖 욕설이 쏟아졌다. 이유는 몰랐다. 가끔 출몰하는 '진상'이다. 돈을 집어 던지거나 맨손으로 이 빵 저 빵 쿡쿡 찔러대는 사람들은 차라리 양반이었다. 이 진상은 여성을 비하하는 말 같지도 않은 말을 기관총 난사하듯 쏘아댔고, 그 말들이 고스란히 소원 씨에게 날아와 꽂혔다. 황당하고 억울한 상황에서 소원 씨는 저도 모르게 주저앉았다. 눈물이 흘러내려 눈앞이 뿌예졌다.

매장에는 탁자에서 빵을 먹으며 수다를 떨던 여중생 세 명이 있었다. 그들은 난데없는 소란을 지켜보다 황급히 일어나 밖으로 나갔다. 불편한 공기로 가득한 곳을 얼른 빠져나가고 싶었을 터였다. 소원 씨는 그들의 뒷모습을 보면서 연신 눈물을 닦았다. 마침내 진상이 나가고, 마음을 추스르고 있을 때 다시 문 열리는 소리가 나더니 아까 그 중학생들이 들어왔다. 놓고 간 물건이 있나, 했는데 소원 씨에게 다가와 검은 비닐봉지를 건넸다. 커피와 초콜릿 그리고 쪽지가 들어 있었다.

어린 학생들이 빵을 먹다 말고 나간 것은 진상의 행패를 피해서가 아니라 봉변당한 알바 언니를 응원하기 위해서였다. 아마도 근처 편의점이 눈에 띄었던 모양이다. 소원 씨 기분이 나아지기를 바라며 초콜릿을 집었을 것이다. 비닐봉지에서 쪽지를 꺼내 읽은 그녀는 조금 전 주저앉았을 때보다 더 큰 소리로 울었다. 쪽지엔 "언니 기운 내세요!"라고 적혀 있었다.

억울해서 울고 고마워서 또 울었던 하루를 마치고 컴퓨터 앞에 앉은 그는 지역 소식을 전하는 SNS 계정에 접속해 그날의 일을 써 내려갔다. 동생뻘 아이들에게 받은 위로가 얼마나 힘이 됐는지 동네 사람들에게 알리고 싶었다. 그들이 건네준 쪽지를 책상 위 잘 보이는 곳에 붙여놓았다고 했다.

아무도 없는 새벽에 청년은 끅, 끅 하면서 울었다. 엉엉 울어야 하는데 그럴 처지가 못 돼서 터져 나오는 울음을 억지로 삼키는 소리. 어느 아파트 마당에 신문 배달 오토바이를 세워둔 채였다. 실컷 우는 것도 아니고 울지 않는 것도 아닌 그 소리가 멎어야 다시 오토바이에 탈 텐데, 좀처럼 잦아들지 않았다. 청년은 한참을 그렇게 서 있었다.

취업 준비생인 그는 매일 새벽 1시부터 4시까지 아파트 단지를 돌며 신문을 배달했다. 속도가 생명인 일이었다. 휙휙 신문을 던지는 손보다 빠르게 두 다리는 다음 집을 향해서 달려야 했다. 며칠 전 새벽에도 그렇게 바삐 움직이다가 어느 집 현관 앞에 우뚝 서고 말았다. A4 용지만 한 메모가 현관에 붙어 있었는데, 그를 향해 쓴 것이었다.

"60년 구독자입니다. 언제나 노고에 감사드립니다. 수고스럽겠지만 앞으로 신문함에 넣어주시면 고마운 마음을 잊지 않겠습니다."

요즘은 만나기 힘든 붓글씨였다. 또박또박 써 내려간 필체에서 정성이 느껴졌고, 선택한 어휘와 술어가 모두 존대였다. 그 집만큼은 문 앞까지 조용히 걸어가 신문을 넣어줘야 할 것 같았고, 그렇게 했다.

이날도 그 현관 차례가 됐을 때 발소리를 죽이며 신문함을 향해 다가갔다. 갑자기 현관 잠금장치를 푸는 소리가 들렸다. 깜짝 놀란 청년은 급히 엘리베이터 열림 버튼을 누르고 안으로 뛰어들었다. 신문 배달을 하면서 지금까지 고객을 만난 적은 한 번도 없었다. 고객이 잠든 시간에 소리 없이 신문을 갖다 놓고 돌아오는 것이 그의 역할이었다. 왠지 마주치면 안 될 것 같다는 생각이 들어 엉겁결에 몸을 숨긴 거였는데, "잠시만요!" 하는 다급한 외침이 그를 붙잡았다.

긴장한 채 엘리베이터에서 나가니 여든이 넘어 보이는 할아버지가 있었다. 손에 들고 있던 음료와 귤을 그에게 건네며 할아버지는 "날이 추운데 고생이네요. 감사합니다"라고 했다. 음료는 따뜻하게 데워져 있었다. 처음 겪는 상황에 아무런 말도 못하고 서 있는 그를 빤히 쳐다보던 할아버지가 물었다. "어려 보이는데 왜 이 일을 해요?"

아마도 할아버지의 음성이 무척 부드러워서였을 것이다. 청년은 무언가에 홀린 듯이 처지를 털어놓기 시작했다. 중간에 진로를 바꾸는 통에 남들보다 시작이 늦었고, 그러다 문제가 생겨서 이런저런 일을 하며 취업을 준비하고 있는데, 어머니 환갑이 다가와 여행이라도 보내드리려고 신문 배달을 시작했다……. 아파트 엘리베이터 앞에 서서 하기에는 내용도 길이도 어울리지 않던 이야기를 할아버지는 진지하게 끝까지 들었다. 청년이 울먹이기 시작한 뒤에도, 결국 눈물을 떨구게 됐을 때도 여전히 귀를 기울였다. 그러다 입을 연 할아버지의 말을, 청년은 어느 커뮤니티에 이렇게 전했다.

"갑자기 할아버지께서 제 손을 꼭 잡더니 '내가 살아보니까 끝까지 포기하지 않고 열심히 하면 꼭 빛을 보더라'라고 말씀하시더라고요. 할아버지의 손은 정말 따뜻했습니다. 꽁꽁 얼었던 제 손까지 따뜻해지더군요. 할아버지는 돈도 꿈도 중요하지만 무엇보다 건강이 최고이니 배달할 때 차 조심하라고 신신당부하시고는 저를 꼭 안아주고 들어가셨습니다. 돌아가는 길에 갑자기 눈물이 터져서, 오토바이 세워놓고 그 새벽에 소리도 못 내고 한참 울었습니다. 힘들고 지쳐서 쓰러질 것 같았는데, 어디선가 나타난 위로의 손길로 제 마음을 다잡네요."

함께하는 식탁

청년과 노인의 연대는 요즘 흔치 않은 풍경이지만, 영 찾기 힘든 것도 아니다. 미국에서 유명해진 사례가 하나 있다. 손을 먼저 내민 쪽은 노인이었다. 2018년 11월 8일 점심 무렵 인디애나주 노블스빌의 맥도날드에 백발의 할머니가 들어왔다.

할머니가 왜 그랬는지는 정확하게 알려지지 않았다. 목격한 사람은 "좀 쓸쓸해 보였다"라고 했지만 추측일 뿐이었다. 할머니가 주문을 마치고 햄버거를 쟁반에 받쳐 들었을 때 매장에는 빈자리가 많이 있었다. 주위를 둘러보던 할머니는 빈자리를 여럿 지나치더니 한 청년이 앉아 있는 자리로 다가가 조심스럽게 물었다.

"같이 앉아도 될까요?"

청년도 당연히 주변의 빈자리를 보았을 텐데 망설임 없이 대답했다.

"물론이죠."

곧 자신의 접시를 끌어당겨 자리를 만들었다.

힙합 느낌의 모자를 쓴 흑인 청년과 흰색 카디건을 단정하게 걸친 백인 할머니. 나이도, 피부색도, 옷차림도 비슷한 구석을 찾을 수 없는 두 사람의 식사는 이렇게 시작됐다.

청년이 먼저 악수를 청했다. 그의 이름은 에릭이었고 할머니는 젠이라고 했다. 각자 주문한 햄버거를 먹으며 두 사람은 대화를 했다. 에릭은 여자친구 이야기를, 할머니는 일요일마다 가는 교회 이야기를 꺼냈다. 공통분모를 찾기 힘든 화제였지만, 그렇게 그들의 이야기는 꼬리에 꼬리를 물면서 45분이나 이어졌다. 어색해야 당연했을 자리에서 수시로 웃음이 터져 나왔고, 호기심 어린 시선으로 그들을 지켜보던 손님들은 어느새 휴대전화를 꺼내 두 사람의 모습을 찍고 있었다. 즐겁게 식사를 마쳤을 때 에릭과 젠은 새로 친구를 사귄 이들이 그러듯이 전화번호를 교환하고 헤어졌다.

당시 매장 손님 중에 어맨다 크래프트라는 여성이 있었다. 어맨다가 SNS에 청년과 할머니가 함께 앉아 담소를 나누는 모습을 찍은 사진을 올렸다.

"청년과 할머니는 서로를 전혀 알지 못하는 사이였다. 같은 시간, 같은 장소에 있다는 공통점만으로 마치 오랜 친구처럼 함께 웃으며 긴 식사를 했다. 둘을 바라보는 내내 마음이 따뜻했다."

누군가와 함께하는 식사에는 밥 이상의 의미가 있고, '혼밥'이 대중화된 시대에도 그것에 대한 갈증은 사라지지 않은 게 분명했다. 멋진 레스토랑도 아니고 유명인이 찍힌 것도 아니지만, 이 사진을 수많은 사람이 퍼 나르며 공감을 눌렀다.

급기야 언론이 취재에 나섰다. 찾아온 기자들에게 에릭은 "대화를 해보니 할머니에겐 가족이 없었다. 함께 이야기 나눌 사람이 필요했던 것 같다"라고 했다. 할머니가 왜 그랬을까에 대한 그의 설명 역시 추측이었다. 빈자리를 다 놔두고 불쑥 합석을 청한 낯선 할머니에게 그는 까닭을 묻지도 않은 채 45분 동안 함께했던 거였다.

이 맥도날드 매장은 두 사람의 식사를 기념해 '공동체 테이블Communal Table'을 지정했다. 안면도 없던 에릭과 젠이 우연히 함께 보낸 시간을 동네 사람들이 기억하면 좋겠다는 의미에서 마련한 자리였다. 식사와 친구가 필요할 때 찾아와 자리에 앉아 있으면 누군가 합석해도 되는지 묻는다. 그 사람은 세대도,

인종도, 자산 수준도 전부 다를지 모르지만, 함께하고자 하는 마음만 있다면 어렵지 않게 공통점을 찾을 수 있다. 서로 모르던 우리가 친구가 되는 빛나는 순간이다.

"태양이 사라졌다고
생각하는 순간,
한 줄기의 빛이 내게 비춰졌다."

커트 코베인

첫 생리

서울 노원구에서 중고 컴퓨터 장사를 하는 부부에게 전화가 걸려왔다. 초등학교 6학년 딸에게 저렴한 컴퓨터를 사주고 싶다는 엄마였다. 통화를 마칠 때쯤 조금 머뭇거리더니 자신은 지방에 있고 딸은 서울에서 할머니와 둘이 지내고 있다고 했다. "사정이 좀 있어서……"라는 말에 복잡한 심경이 담겨 있었다.

남편은 며칠 뒤 컴퓨터를 들고 그 아이의 집을 찾았다. 낡은 건물이 들어찬 동네, 그중에서도 허름한 집 앞에서 할머니가 손짓을 했다. 집에 들어서니 가족의 형편이 한눈에 보였다. 지방에서 딸이 보내는 돈이 넉넉하지 않은 듯, 방 한쪽에 액세서리를 조합하는 부업거리가 늘어져 있었다. 컴퓨터를 설치하는데 아이가 집에 왔다. 뛸 듯이 기뻐하는 아이에게 할머니는 "엄마가 너 공부 열심히 하라고 사준 거야. 학원 다녀와서 실컷 해"라고 말했다.

남편이 일을 마치고 돌아갈 때 정류장에 서 있는 아이가 보였다.

"학원 가니? 태워줄까?"

아이는 냉큼 올라타며 말했다.

"하계역이요."

10분쯤 갔을까. 갑자기 아이가 내려달라고 떼를 쓰기 시작했다. 화장실이 급하다는 것이었다. "조금만 더 가면 되는데 못 참겠어?" 해봤지만 아이는 막무가내였다. 어쩔 수 없이 차를 세우니 아이가 근처 건물로 내달려 갔다. 조수석 시트에 검붉은 피가 묻어 있었다.

남편은 아내에게 전화를 걸었다. 사정을 들은 아내는 지금 갈 테니 일단 생리대, 속옷, 물티슈 등을 사두라고 했다. 아내는 도착하자마자 그것을 받아들고서 아이가 들어간 건물의 화장실로 갔다.

"아가, 어딨니? 아까 컴퓨터 아저씨네 아줌마야."

아내의 말에 닫힌 문 안쪽에서 "네……" 하는 대답이 들렸다. 문이 열리고 아내를 마주한 아이는 울음을 터뜨렸다. 아내는 다 괜찮다고, 다 해결해 주겠다며 아이를 달랬다.

잠시 후, 차에서 기다리는 남편에게 문자 메시지가 도착했다. 10분 뒤에 나갈테니 얼른 뛰어가서 꽃 한 다발 사오라는 아내의 연락이었다. 딸이 생리를 시작하면 아빠가 꽃다발을 주는 거라는 설명을 나중에야 들었다. 얼굴에 눈물 자국이 가득한 채로 아내는 눈이 퉁퉁 부은 아이와 함께 건물 밖으로 나왔다. 남편은 일부러 더 환하게 웃으며 "축하한다"라는 말과 함께 아이에게 꽃을 건넸다.

아이를 집에 데려다주고 돌아온 그날 밤, 그 아이의 엄마에게서 전화가 걸려왔다.

"저, 컴퓨터 구입한……."

말을 잇지 못하고 울기만 하는 엄마는 분명 고맙다는 말을 하고 있었다.

통화 중에 끼어든 청년

광주에 사는 엄마는 대낮에 아들의 전화를 받았다. 휴대전화 너머로 들려오는 울음소리에 덜컥 겁이 났다. 버스를 타고 시청에 가겠다던 아들이 울면서 전화를 걸어왔다. '무슨 일이 벌어졌구나' 엄마는 직감했다. 사정을 듣기도 전에 아들에게 도움이 필요한 상황임을 알았다. 서른한 살 아들은 장애를 가지고 있었다.

아들이 혼자 외출한 게 처음은 아닌데, 시청에는 가본 적이 없던 터라 당황한 모양이었다. 스무 곳이 넘는 정거장을 지나다 보니 풍경은 점점 낯설어지고 도착할 기미도 없어 놀란 것 같았다. 아들이 홀로 집을 나서겠다고 했을 때, 엄마는 이런 상황도 염두에 뒀을 것이다. 장애가 있는 아들이 장성할 때까지 돌보면서 엄마는 이미 위기 해결의 베테랑이 됐을 게 분명했다.

그런데 이번에는 엄마가 나서기도 전에 상황이 종료됐다. 누군가가 아들의 전화를 대신 받았다. 젊은 남자였다. 그는 시청까지 몇 정거장이 남았는지 엄마와 아들에게 번갈아 설명해 주며 모자를 안심시켰다. 엄마는 진정한 듯한 아들의 목소리를 들으며 전화를 끊었다. 그럴 수밖에 없었다. 괜찮지 않아도 괜찮을 거라 믿어야 했다. 엄마는 그렇게 서른 해 넘게 버텨왔다.

아들은 얼마 후 집으로 돌아왔다. 나갈 때와 똑같은 모습으로 무사히 귀가했다. 버스에서 전화를 넘겨받았던 그 청년이 같이 시청에서 내려 우산을 씌워줬다고 말했다. 소나기가 내린 듯했다. 엄마는 경황 없는 상황에서 스치듯 들렸던 청년의 이름을 되짚어 봤다. '태양이랬던가, 태형이랬던가…….' 젊은이들이 주로 이용할 법한 온라인 커뮤니티에 글을 올렸다. 태양인지, 태형인지 이름 모를 청년을 찾는다고. 감사를 전하고 싶다고.

엄마는 그 글에서 장애인 아들과 그런 아들을 오빠로 둔 딸의 이야기를 털어놓았다. 난산 끝에 태어난 아들은 어려서 장애를 갖게 됐다고 한다. 좋아지겠지, 나아지겠지 하며 살아온 게 벌써 31년이었다. 어느 작가의 말처럼, 엄마도 엄마는 처음인지라 무수한 시행착오를 겪었다. 가장 후회되는 것은 아들과 연년생 여동생을 일반 초등학교에 함께 보낸 거였다. 비장애 아이들과 섞여 지내면 아들도 달라질 거라는 희망을 그때는 품었었다.

결과는 좋지 못했다. 아들은 또래 친구들에게 수시로 맞았다. 흉기에 다쳐 집에 들어온 날도 있었다. 아들이 자신을 지키기 위해 화장실에 숨어 지냈다는 사실은 뒤늦게 3학년 담임 선생님으로부터 전해 들었다. 딸의 마음고생도 심했다. "네 오빠는 바보야"라는 친구들의 말이 딸의 마음을 헤집었다. 딸은 말수가 점점 적어졌다. 겉으로 드러내지도, 속으로 삼켜내지도 못한 분노가 딸을 잠식하고 있다는 것도 엄마는 몰랐다. 엄마는 후회의 말을 적었다.

"동생이 함께 있으면 마음이 놓일까 봐 그랬는데, 철없던 엄마는 시간이 지나서야 '그 꼬맹이가 얼마나 힘들었을까' 하는 생각이 들더라고요. 너무 미안했어요."

아들은 지금의 모습 그대로도 소중하다는 것을, 딸이 제 삶을 살아보기도 전에 무거운 책임부터 짊어졌다는 사실을 엄마는 늦게 알았다. 서울에서 직장생활을 하는 딸은 광주의 집을 처분하고 함께 살자고 버릇처럼 말한다. 그럴 때마다 엄마는 이렇게 답하고 있다. "늘 누구의 동생으로 살면서 얼마나 힘들었니. 지금이라도 그 그늘에서 벗어나 네 인생을 즐기며 살아야지."

안타깝게도 도움을 준 청년을 찾을 수는 없었다. 엄마가 인터넷에 지난날의 아픔까지 공유한 까닭은 그날 청년의 행동이 자기 가족에게 어떤 의미였는지 말하고 싶어서였을 테다. "이글을 보지 못하더라도 청년, 정말 고마워요"라는 말로 글을 끝맺었다.

마지막 사진

　이 청년은 세상에 남긴 마지막 사진이 CCTV 화면인 흔치 않은 삶을 살았다. 열아홉 살 김선웅 군은 2018년 제주한라대학 호텔조리과에 입학했다. 아버지의 부담을 덜어드리려 심야 아르바이트를 시작했다. 그해 10월 3일 새벽 3시, 여느 때처럼 제주시 정부종합청사 부근의 만화카페에서 일을 마치고 귀가하기 위해 어두운 거리로 나섰다. 횡단보도를 건너는데 텅 빈 도로를 과속으로 달리던 차량이 그를 덮쳤다. 병원으로 옮겼지만 머리의 상처가 너무 컸다. 김 군은 뇌사상태에 빠지고 말았다.

　사고를 조사하며 주변 CCTV를 되감아 본 경찰은 그 영상을 공개하기로 결정했다. 김 군이 만화카페에서 나와 걸어가던 거리에는 인적이 끊긴 그 시간에 손수레를 끌고 가는 할머니가 있었다. 무거운 짐을 잔뜩 싣고 오르막길을 올라가는 중이었다. 길바닥 틈에 바퀴가 빠졌는지 수레는 잘 움직이지 않았고, 김 군은 그 곁을 그냥 지나치지 못했다.

김 군은 할머니에게 다가가 몇 마디를 건네더니 수레를 이리저리 흔들어 바퀴를 빼낸 다음 앞장서서 수레를 끌며 다시 걷기 시작했다. 뒤에서 수레를 밀며 따라오는 할머니에게 수시로 고개를 돌려 눈을 맞췄다. 아마도 어디까지 가시는지, 힘들지 않으신지 할머니께 묻는 듯한 모습이 영상에 찍혀 있었다. CCTV는 김 군이 그렇게 수레를 끌며 할머니와 150미터를 걸어갔다고 증언했다. 이어 나타난 횡단보도에서 사고 차량은 앞서가던 김 군을 들이받았다. 뒤따르던 할머니는 무사했다.

김 군의 가족에게는 이미 비슷한 아픔이 있었다. 13년 전 김 군 어머니가 욕실에서 넘어져 뇌진탕을 일으켰다. 3년간 식물인간으로 투병하다 세상을 떠난 어머니를 보면서 아버지와 누나는 장기기증을 서약한 상태였다. 만약 그런 일이 또 벌어지면 그때는 꼭 살리자, 내 생명을 살리기 어렵다면 다른 생명이라도 살리자는 뜻에서 서약서를 썼는데, 그런 일이 김 군에게 벌어졌다. 뇌사 판정이 내려진 지 나흘 만에 가족은 김 군의 장기를 기증하기로 결심했다. 더 늦기 전에 더 많은 생명을 살리자는 생각대로 그의 심장, 각막, 폐 등을 이식받은 7명이 새 생명을 얻었다.

어디 있는지 찾기도 힘든 CCTV 카메라를 의식해 포즈를 취하는 사람은 없을 테니, 어쩌면 거기에 찍히는 것만큼 자연스러운 사진도 없을 것이다. 새벽 3시의 텅 빈 거리, 아무도 보는 이 없는 그곳에서 열아홉 살 청년이 하는 일을 CCTV만이 보고 있었다. 그 카메라에 너무나 자연스러운 모습을 남기고 청년은 세상을 떠났다.

3

가족
이라는

이름

병든 엄마가 준 것

긴 병에 효자 없다는 옛말은 틀리지 않았다. 늘 그늘이 돼 줄 것 같은 부모님이 갑자기 짐처럼 느껴지는 상황이랄까. 오랜 간병 생활을 한결같이 처음처럼 해내기는 결코 쉽지 않다. 몸이 먼저 지치고 마음이 덩달아 팍팍해지는 순간이 찾아오기 마련이다. 지영(가명) 씨에게도 그런 시간이 오고야 말았다.

지영 씨는 아픈 엄마를 돌보다가 무심결에 화를 낸 적이 있었다. 힘겨운 투병에 극도로 예민해진 엄마는 밥을 먹기 싫다고 고집을 부렸다. 어떻게든 먹이려는 딸과 한사코 먹지 않겠다는 엄마 사이에 증폭된 갈등이 끝내 폭발했다.

심신이 지쳐 있던 딸은 자기도 모르게 포크를 내동댕이쳤는데 예기치 않게 포크가 엄마의 허벅지로 날아갔다. 순식간에 통제 범위를 벗어나 표출된 감정은 결국 엄마의 몸에 작은 상처를 내고 말았다. 절대 본심은 아니었지만, 엄마에게 화를 내고 상처를 입혔다는 사실은 달라지지 않았다.

얼마 후 병문안을 온 외할머니가 엄마의 몸에 상처가 보이자 물었다.

"왜 이렇게 됐냐."

외할머니는 자기 딸의 허벅지에 난 상처가 마음 아팠을 것이다. 그런데 엄마는 또 엄마대로 자기 딸에게 쏟아질 원성이 신경 쓰였다. 엄마는 더듬거리며 입을 열었다.

"아, 버…… 벌레에 물렸어."

지영 씨는 엄마가 세상을 떠나던 날보다 그날 더 많이 울었다고 했다.

현수(가명) 씨도 2018년 비슷한 경험을 했다. 어머니는 치매를 앓았다. 사랑하는 사람과 나눴던 추억을 천천히, 그러나 결국엔 모두 잃어버리는 병. 살면서 겪는 희로애락은 얽히고 설켜 서로의 관계를 단단하게 만들어 주는데, 그렇게 행복한 순간과 가슴 저린 한때의 장면이 기억에서 사라진다는 것은 참 슬픈 일이다.

현수 씨 어머니는 이미 기억의 상당 부분을 잃어버린 상태였다. 하지만 하루가 다르게 세포가 죽어가는 엄마의 머릿속에서도 쉬이 지워지지 않는, 유독 잊지 못하는 기억이 하나 있었다.

어느새 아이가 돼버린 엄마를 돌보며 현수 씨는 종종 엄마보다 더 아이처럼 굴었다. 크리스마스가 다가올 무렵, 그날도 엄마에게 응석을 부렸다.

"크리스마스 선물로 뭐 사줄 거야?"

그러자 엄마가 답했다.

"시계 말고…… 레고 사줄게."

현수 씨는 어릴 적 장난감을 사달라고 엄마를 졸랐던 날이 어렴풋이 떠올랐다. 근사한 케이스에 든 레고가 갖고 싶어 떼를 썼는데, 형편이 어려웠던 엄마는 시장에서 파는 어린이용 시계를 사줄 수밖에 없었다. 철이 없던 아이가 시계는 싫다고, 레고 사달라고 울음 섞인 투정을 부렸다.

평생의 기억을 조각조각 흩날리면서도 엄마는 아들에게 그 장난감을 사주지 못했던 그날의 기억을 붙잡고 있었다. 다른 건 다 잊었어도 자식이 울던 날을 엄마는 잊지 못했다.

엄마의 맞춤법

'붙인개.'

2018년 6월, 그는 시골의 엄마 집에 다녀와서 음식이 잔뜩 담긴 비닐봉지를 사진 찍어 인터넷에 올렸다. 봉지의 겉면에는 '붙인개'라고 적혀 있었다. 음식을 비닐로 싸고, 그 위에다 '붙인개'라고 쓴 종이를 명찰처럼 얹고, 종이가 도망가지 않도록 다시 비닐로 한 번 더 싸놓았다. 음식은 누가 봐도 '부침개'였다.

이것만 봐도 몇 가지 사실을 추론할 수 있었다.

엄마는 명찰이 필요할 만큼 많은 종류의 음식을 아들의 손에 들려 보냈을 것이다. 척 보면 알 수 있는 음식에도 명찰을 넣은 걸 보니 자식이 집에 가서 정리하는 번거로움을 조금이라도 덜어주려 했을 것이다. 부침개를 붙인개라고 쓴 걸 보니 평생 자신보다 자식을 위해 살아왔을 것이다.

그는 집에 도착해 어머니가 준 보따리를 풀어보고 웃음이 먼저 터져 나왔다고 했다. 맞춤법의 기발한 파괴 앞에서 아주 자연스러웠을 그 웃음 뒤로 묵직한 무언가가 찾아왔던 모양이다. 끝에 가서 이런 말을 붙여놓았다.

"못난 아들, 어머니 덕에 잘 먹고 있습니다."

배움이 사치일 수 있었던 시절을 살아온 세대는 온몸으로 가족을 지켜야 했다. 자신보다 나은 자식의 미래를 위해 그들이 택한 방법은 나를 희생하는 거였다.

산문집 『지독한 하루』를 펴낸 응급의학과 전문의 남궁인 씨는 병원에 실려 오는 노인들에게서 그런 삶의 단면을 목격한다고 했다. 응급실에 환자가 오면 그는 항상 "많이 아파요?"라는 말로 진료를 시작한다. 이렇게 질문하면 대개는 자신의 아픔을 설명하는데 할머니, 할아버지는 "참을 만하다"라고 대답하는 경우가 많다. 곧 숨이 멎을지도 모르는 이들이 자식에게 걱정을 끼칠까 싶어 아픔을 묻어둔다.

어떤 죽음이 좋은 죽음이라고 생각하는지 묻는 설문조사는 여러 나라에서 실시됐다. 미국인은 통증에서 벗어난 죽음을, 영국인은 익숙한 환경에서의 죽음을, 일본인은 신체적·정신적으로 편안한 죽음을 좋은 죽음으로 꼽았다. 서울대 의대 윤영호 교수팀이 2016년 국내에서 4,000여 명에게 같은 질문을 던졌을 때 가장 많았던 답변은 '가족에게 부담을 주지 않는 죽음'이었다.

미국인·영국인·일본인은 모두 죽음을 맞이하는 당사자의 안녕을 말했는데 유독 한국인만 살아 있는 가족의 평안을 좋은 죽음의 잣대로 여겼다. 죽음을 앞두고도 나보다 가족을, 더 정확히는 자식을 걱정하는 이들의 앞선 삶이 어땠을지는 어렵지 않게 짐작할 수 있다. 인생을 희생이라 읽으며 견뎌왔을 게 분명하다.

응급실 의사가 "참을 만하다"라고 말하는 노인에게서 그런 삶을 보았듯이, 아들은 정성껏 포장된 '붙인개'에서 어머니가 살아온 세월을 읽었다. 이 사연을 전한 기사에 많은 댓글이 달렸다. 사람들은 저마다 기억하는 '엄마의 언어'를 꺼냈다.

"우리 엄마는 해질녘 커피(헤이즐넛 커피)를 마셔요."

"우리 엄마는 케이택시(KTX)를 타세요."

"우리 엄마는 대일밴드(안전벨트) 잘 매라고 하세요."

"엄마가 붙인개라면 붙인개인 거다" "먹어봤는데 부침개

보다 붙인개가 훨씬 맛있다" "설겆이를 이제 설거지라고 하듯이 부침개의 표준어도 머지않아 붙인개가 될 것이다" 하면서 엄마의 맞춤법을 응원하기도 했다. 부침개 대신 붙인개를 싸주는 분들이 있어 아직 살 만하다는 것을 다들 아는 듯했다.

엄마의 댓글

바늘구멍 취업문을 막 통과한 여대생은 2015년 8월 컴퓨터 앞에 앉았다. 꿈에 그리던 직장에 합격한 후였다. 〈저 좀 축하해 주시면 안 될까요?〉라는 제목 아래 담담히 사연을 적어 내려갔다.

어릴 적 부모님이 교통사고로 세상을 떠난 터라 합격 사실을 축하해 줄 사람이 없다고 했다. 아직 취업을 준비 중인 친구들에게는 미안해서, 함께 사는 고모에게는 직장을 구하지 못한 아들이 있어서 미처 합격 소식을 알리지 못하고 있었다. "엄마 아빠가 있으면 '우리 딸 수고했어. 고생 많았지. 축하한다'면서 치킨도 시켜 먹고 했을 텐데…… 합격해서 기쁜데 떡이 기도를 막은 것처럼 가슴이 꽉 막혀 답답하다"라고 썼다.

세상에 혼자 남은 그에게 익명 게시판의 사람들은 따뜻했다. 축하와 격려의 댓글이 이어졌다. 그중 한 사람은 '사랑하는 엄마'라는 닉네임을 새로 만들어 이런 댓글을 남겼다.

"딸! 축하해! 거 봐, 열심히 한 거 다 돌아오지? 취업했으니 맛있는 것도 사 먹고, 돈 벌어서 여행도 많이 다니고, 옷도 예쁜 거 입고 해. 출근하는데 엄마가 아침밥 못 챙겨줘서 미안해. 그래도 우리 딸이 워낙 야무져서 안심이 된다. 딸 뒤에는 항상 엄마 아빠가 있으니까 기죽지 말고 다녀! 사랑해, 딸."

그리고 3년 뒤, 글쓴이는 반가운 소식을 들고 다시 그 게시판을 찾았다. 그는 "어느덧 직장생활 3년 차가 됐고, 회사 앞에 자그마한 전셋집을 구해 독립도 했다"면서 취업 당시에 댓글을 하나하나 읽고 큰 힘을 얻었다고 말했다. "얼굴도 이름도 모르는 저를 위해 같이 눈물 흘리고 축하해 주셔서 감사합니다. 그때 그 댓글들이 저를 버티게 했고 행복한 오늘로 이끌어 준 것 같습니다. 받은 은혜 잊지 않고 살겠습니다."

사람들은 행복해졌다는 글쓴이의 소식에 함께 기뻐했다. 어떤 이는 "나도 그때 취준생이었는데, 그 글을 보면서 많이 울었고 사람들의 댓글을 읽으면서 위로받았던 게 기억나. 나도 참 힘들었던 시간을 지나 드디어 올해 취업했어. 우리 그동안 정말 고생 많았다"라고 적었다. 이런 말도 덧붙였다. "얼굴도 이름도 모르는 사이지만 네가 어디서 무얼 하든 항상 응원할게."

동승자가 있는 택시

2017년 12월 23일 저녁 민정(가명) 씨는 길에서 택시를 세웠다. 지붕의 택시 표시등이 켜져 있고 앞 유리창에도 '빈 차'라고 불이 들어와 있었다. 별 생각 없이 택시에 오른 그는 조수석에 누가 앉아 있는 걸 보고 깜짝 놀랐다.

"어머, 이미 타고 계시네요. 빈 차인 줄 알았어요……."

다시 내리려고 하는데, 연로해 보이는 택시기사가 멋쩍은 표정을 지으며 말했다.

"아……, 가족이에요."

민정 씨는 그제야 조수석 뒤편에 걸려 있는 메모 하나를 발견했다.

"앞자리에 앉은 사람은 알츠하이머 병을 앓고 있는 제 아내입니다. 양해를 구합니다."

A4 용지만 한 메모지는 비닐 커버에 담긴 채 등받이 상단에 매달려 있었다.

메모의 내용과 형태는 이 택시의 상황을 속속들이 말해줬다. 노년의 기사는 가족을 부양하기 위해 계속 핸들을 잡아야 하는 모양이었다. 그가 부양해야 하는 아내는 치매가 꽤 진행된 상태인 듯 보였다. 아내를 돌보는 일과 부양하는 일을 함께 해내려고 이미 여러 방법을 시도해 본 게 분명했다.

맞벌이 부부가 아이 맡길 곳을 끝내 찾지 못할 때 최후의 수단으로 아이를 일터에 데리고 가듯이, 그도 아내를 택시에 태우고 일하러 나왔다. 그렇게 일과 돌봄을 병행하면서 손님에게 양해를 구하는 정중한 메모를 걸어놓은 걸 보니 민정 씨처럼 깜짝 놀라는 손님이 꽤 많은 것 같았다. 그 메모지를 여러 번 반복해 쓸 수 있게 비닐 커버를 씌운 걸 보면 이렇게 아내가 조수석에 앉아 있는 날이 잦은 듯했다.

운전석의 할아버지가 조수석의 할머니를 무척 사랑하는 게 눈에 보였다. 민정 씨는 택시에서 겪은 일을 온라인 커뮤니티에 소개하며 이렇게 적었다.

"택시를 타고 간 곳은 멀지 않았어요. 이동하는 짧은 시간 동안 기사님이 아내분과 대화를 하셨어요. 기사님은 집에 빨래를 널고 나올걸 그랬다면서 '당신이 헹궈서 널 수 있겠냐' 물으시고, 조수석의 아내는 철없는 아이처럼 아무것도 할 줄 모른다고, 그런 거 안 한다고 단호하게 '싫어' 하시고. 투덜거리면서도 기사님은 아내분께 계속 말을 걸어주시더군요. 할 말이 없어도 아내 들으라는 듯이 '차를 저기로 돌릴걸 그랬네' 하면서 중얼중얼하시고.

운전석과 조수석 사이에 기사님 휴대전화가 걸려 있었는데, 바탕화면에 아기 세 명이 있었어요. 저한테 그걸 보여주시면서 산타 할아버지는 24일에 오는 거냐, 25일에 오는 거냐, 뭘 사줘야 좋겠냐고 물으시더라고요. 손주들 선물을 생각하고 계셨나 봐요. 금방 내렸지만, 음…… 크리스마스 무렵에 만난 두 분의 모습이 참 좋았어요."

위키와 함께한 귀농

도시에 살던 현우(가명) 씨의 생활에 2017년 10월 커다란 변화가 생겼다. 반려견 위키가 많이 아플 때였다. 파보바이러스에 심장사상충, 거기다 중증근무력증까지. 위키는 제대로 걷지도 못했다. 현우 씨는 아픈 골든리트리버 위키를 위해 뭘 할 수 있을지 고민했고, 선택은 귀농이었다. 맑고 신선한 공기를 마시면 조금은 호전되지 않을까, 막연한 기대를 안고 시골로 향했다.

1년 뒤인 2018년 11월 그는 블로그에 〈반려견과 귀농한 지 1년〉이라는 제목의 글을 올렸다. 그동안 위키와 단둘이 함께한 시간이 글 속에 담겨 있었다. 경북의 작은 시골 마을에 터를 잡은 상태였다.

"저는 돈도 없고 지금 사는 곳에 연고도 없지만, 우리 둘이 행복하게 살면 그만이라는 생각이 들어 귀농했습니다. 농사를 짓는 부지와 집은 임차한 것이고 좋은 이웃을 만나 신세를 지고 있습니다."

현우 씨가 위키를 처음 만난 것은 이웃집에서였다. 개 짖는 소리가 너무 시끄러워서 항의차 찾아간 옆집에 위키가 있었다. 왜 그렇게 짖어댔는지 한눈에 알 수 있었다. 덩치가 제법 큰 개가 처참한 모습을 하고 있었다. 무슨 이유에선지 사람에게 모진 학대를 당하는 듯했고, 그간의 울부짖음은 어쩌면 살려달라는 구조요청이었을지도 몰랐다. 고민할 시간이 없었다. 무턱대고 "내가 키우겠다"라고 말하고는 위키를 안고 나왔다.

당시 위키의 건강 상태는 심각했다. 옆집 사람이 아픈 개를 전혀 돌보지 않은 듯했다. 구토와 설사를 일으키는 파보바이러스에 감염돼 있었는데, 수의사는 "살 확률이 높지 않다"라고 했다. 주변에서도 고개를 저었다. 설령 병이 낫더라도 함께 살기는 어려워 보였다. 위키는 사람을 극도로 경계하며 사납게 짖어댔고 대소변조차 가리지 못했다. 그래도 포기할 수 없었다. 수의사를 다시 찾아가 "할 수 있는 건 다 해보자"라며 치료를 부탁했다.

도시에서 위키에게 해줄 수 있는 것을 다 한 뒤에 내려간 시골이었다. 현우 씨가 얼마나 힘든 결정을 내렸는지 알기라도 하듯 '귀농멍(귀농한 멍멍이)'이 된 위키는 잘 버텨줬다. 농촌 생활의 결과는 매우 좋았다. 위키는 병마를 많이 털어내고 들판을 뛰어다녔다. 현우 씨는 매일 오전에 한 시간, 오후엔 두 시간씩 위키와 산책했다. 여름엔 함께 집 앞 냇가에서 물놀이를 했고, 위키는 땅에 떨어진 사과와 감을 곧잘 주워 먹었다.

현우 씨는 블로그에 적었다.

"위키를 키우면서 힘들지 않았다고 하면 거짓말이지만 위키는 내 인생을 바꾸었다. 누구나 행복해야 한다는 것, 한없이 나를 사랑해 줄 누군가가 반드시 있다는 것을 나는 위키를 통해 배웠다. 사실은 위키가 나를 키우고 있는 것 같다."

귀농 2년 만인 2019년 9월 위키의 상태가 다시 나빠졌다. 병원에 가니 MRI를 찍어보자 했고, 사진을 한참 보던 수의사는 위키에게 뇌종양 말기 판정을 내렸다. 1년 더 사는 것을 목표로 항암제를 먹이기 시작했고 위키의 안정을 위해 서울의 큰 동물병원에 입원도 시켰다. 현우 씨는 이번에도 할 수 있는 것을 다 했다. 위키는 뇌종양 진단 두 달 만에 행복했던 2년의 삶을 뒤로한 채 세상을 떠났다.

장례를 치르고 충격을 추스른 그해 12월, 현우 씨는 농사 짓던 땅에 튤립을 심었다. 꽃을 좋아했던 골든리트리버 위키를 기억하기 위해 그가 택한 방법이었다. 해가 바뀌고 튤립이 제법 잘 자라자 현우 씨는 도시의 유기견 보호단체를 위한 튤립 바자회를 열었다. 가족을 위해 삶의 터전을 옮긴 이는 가족이 떠나간 곳에서 그렇게 살아가고 있다.

"우리는 오로지 사랑을
  함으로써 사랑을 배울 수 있다."

마더 테레사

딱 한 시간

　민혁(가명) 씨는 2009년 지인이 운영하던 동물병원에서 유기견을 만났다. 동네 정육점 앞에서 군침을 삼키며 서성이다 동물병원에 들어온 녀석이었다. 민혁 씨는 첫눈에 반했고, 그길로 입양해 메리라는 이름을 붙여줬다. 둘은 늘 함께였다. 일할 때도, 산책할 때도, 운전할 때도, 마트 갈 때도 그의 옆에는 메리가 있었다. 가장 행복했던 순간은 동네 뒷산에 올라가 노을을 바라보면서 메리가 노는 것을 지켜볼 때였다.

　이후 8년 동안 건강하게 지내던 메리가 어느 날부터 중심을 잡지 못하고 자꾸 넘어졌다. 증상은 계속 심해져 제대로 서 있지 못할 때도 있었다. 동물병원에서 주는 약을 조금 먹이자 다시 척척 걸었는데, 며칠 후에는 더 악화했다. 온몸이 마비되고 대소변을 가리지 못했다. 다시 찾아간 병원에서 정밀검사를 실시해 알아낸 병명은 뇌병변(뇌염). 메리의 뇌가 손상됐다는 말이었다. 한참을 침묵하던 민혁 씨가 물었다.

"고칠 수 없나요?"

수의사는 고개를 저었다.

"뇌는 한 번 손상되면 회복이 쉽지 않습니다. 일단 사흘쯤 입원시켜 경과를 지켜보는 게 좋겠습니다."

사흘이 지났지만 나아지지 않았다. 메리는 수시로 발작을 일으켰고 그렇지 않을 때도 사지를 파르르 떨었다. 수의사는 안락사가 최선이라고 제안했다. 민혁 씨 어머니마저 눈시울을 붉히며 "그만 보내주자, 불쌍해서 못 보겠다"라고 했을 때, 그도 결심했다. 메리를 품에 안고 안락사 동의서에 서명했다.

병원은 민혁 씨와 메리에게 딱 한 시간을 주었다. 정해진 시간 안에 끝내야 하는 작별인사를 나눈 뒤 메리가 진료실로 들어갔다. 마취약을 투여하자 메리는 민혁 씨를 바라보며 점점 눈을 감았다. 그 순간 함께한 8년이 스쳤다. 이렇게 보내는 건 정말 아닌 것 같았다. 자연스럽게 생을 마치게 해줄 순 없을까, 그러다 메리가 더 아파하면 어떡하지, 녀석이 진짜 원하는 건 뭘까……

수의사가 메리에게 심장이 멎는 주사를 막 놓으려던 참이었다. 민혁 씨는 주사를 거부한 뒤 메리를 안고 나왔다. 그저 메리의 남은 나날을 편하게 해주고 보내주는 게 자신이 할 일이라고, 민혁 씨가 집에 가면서 한 생각은 그것뿐이었다.

그런데 불과 일주일 만에 메리가 비틀비틀 일어서더니 걷기 시작했다. 며칠 더 지나니 대소변 볼 때 화장실로 찾아갔고, 한 달 뒤부터는 더 이상 걷다가 주저앉지 않았다. 그의 마음을 알았는지 메리는 마치 선물처럼 건강을 회복하고 있었다. 민혁 씨가 온라인 커뮤니티에 이런 이야기를 올린 2018년 5월은 메리의 안락사를 급하게 막아선 지 1년쯤 됐을 때였다. 메리는 건강하게 지내고 있다고 했다.

절대 끝나지 않는

김진호 씨는 매일같이 아들 태형이 꿈을 꿨다고 했다. 환갑을 훌쩍 넘겨 노년에 들어섰지만, 꿈속에서 아들은 언제나 걸음마를 갓 뗀 모습을 하고 있었다. 그가 외아들을 잃어버린 때는 1981년 12월 20일이었다. 맞벌이였던 터라 아들을 종종 친척 집에 맡겼는데, 그날 아이는 친척 어른을 따라서 대구 동인동의 대구예식장에 갔다가 감쪽같이 사라졌다. 누구를 원망할 수도 없었다. 자식 하나 잘 키워보겠다고 부부가 아등바등 생업에 뛰어들었고, 아이를 맡아준 친척이 고마울 뿐이었다. 당시만 해도 미아 방지 체계가 발달하지 않아 아이를 잃어버리면 찾기가 힘들었다.

고작 세 살이니 길을 헤매도 멀리 가진 못했을 거라 생각했지만 부질없었다. 김 씨는 다니던 공장을 그만두고 아들의 흔적을 찾는 데 모든 시간을 썼다. 6개월 전 찍은 가족사진에서 아들의 얼굴을 오려내 들고 다니며 여기저기 수소문했다. 대구에서 제일 크다는 서문시장 일대에는 그 사진을 보지 않은 사람, 김 씨의 절박한 호소를 들어보지 않은 사람이 없었다. 경찰서를 내 집처럼 드나들며 매일 추가되는 미아 명단을 하루에도 몇 번씩 뒤졌다. 그러는 동안 38년이 흘러버렸다.

김 씨 부부는 "태형이 생각에 차마 또 아이를 가질 순 없었다"라고 말했다. 아들에 대한 그리움과 미안함을 일생의 짐으로 짊어지고 살았다.

김 씨 부부에게 실종은 절대 끝나지 않는 사건이었다. 수색은 종결되고 수사는 접을지라도 사라진 혈육을 찾는 가족의 발버둥에는 시한이 없었다. 수십 년 속을 끓이는 동안 김 씨에게 폐암 판정이라는 또 다른 불행이 찾아왔다. 평생을 아들 찾기에 몰두한 탓이었을까. 몸이 망가지는 것을 알아채지 못했다. 자식 생각이 더 간절해졌다. 죽음의 공포가 엄습해 온 상황에서도 그는 결국 여전히 세 살배기의 아빠였다.

부부가 대구경찰청의 장기실종수사팀을 만난 것은 2012년

3월이었다. 과학 수사를 활용한 실종자 수색이 활기를 띠던 시기였다. 몇 해 전 김 씨는 지푸라기라도 잡는 심정으로 DNA 샘플을 조사 기관에 제출했는데, 그것을 확인한 경찰이 재수사에 나서겠다며 먼저 찾아왔다. 그때 만난 두 형사는 김 씨에게 아들과 헤어지게 된 과정을 자세히 물었다. 마지막으로 남아 있던 아이의 사진을 받아갔다.

수사팀은 1981년 대구예식장 근처를 떠돌던 태형이의 행적을 쫓기 시작했다. 12월 20일 그날의 흔적을 더듬어 올라갔다. 1970~80년대에는 길 잃은 무연고 아이들이 해외로 입양되는 경우가 많았다는 사실에 주목했다. 부모가 30년을 찾았는데 그림자 하나도 보이지 않았다면 외국에 보내졌을 가능성이 크고, 그랬다면 법적 절차를 밟아야 했을 텐데 그 절차는 어딘가 보호시설을 통해 이뤄질 수밖에 없는 거였다.

수사팀은 당시 대구·경북 지역의 아동시설을 거쳐 간 아이들의 명단과 얼굴 사진부터 확보했다. 이미 문을 닫아 지금은 없어진 시설도 빼놓지 않고, 케케묵은 옛날 자료까지 모조리 다시 살폈다. 김 씨에게 받은 흐릿한 사진 한 장을 들고 밤낮없이 뛰어다녔다. 영화에서는 인공지능 컴퓨터가 수많은 사진을 대조해 일치하는 것을 몇 초 만에 찾아내지만, 당시 대구의 경찰관들은 직접 두 눈과 손으로 그 일을 했다.

마침내 닮은 얼굴을 찾았다. 어느 보호시설의 해외 입양아 명단이 담긴 낡은 서류철 한구석에 있었다. 미아로 발견된 장소와 시기까지 태형이와 일치한 그 아이는 추측한 대로 미국인 가정에 입양된 상태였다. 대구예식장 앞에서 길을 잃은 지 딱 14일 만에 미국인 양부모와 함께 부산으로 떠났다고 적혀 있었다.

열두 번 바뀐 주소

왜 부산으로 갔는지 확인할 길은 없었지만, 미국인 부부를 따라갔다면 결국은 미국으로 갔겠다고 보는 것이 합리적이었다. 실마리가 나왔으니 지체할 수 없었다. 수사팀은 서둘렀다. 외교부에 협조 공문을 띄웠고 서류에 남아 있던 양부모의 미국 주소를 찾아 편지도 썼다.

이 모든 일은 숨 돌릴 틈 없이 진행됐는데, 김 씨에게 그 시간은 지나온 30여 년의 세월보다 길게 느껴졌다. 그동안 앞을 가로막고 있던 벽이 곧 허물어질 것 같았고, 그 벽이 사라지면 건너편에 아들이 서 있을 것만 같았다. 자신을 닮은 아들의 지금 얼굴을 떠올리는 연습을 했다. 이제 곧 그 모습대로 꿈에 나와주리라 기대하며 하루하루 잠자리에 들었다.

하지만 재회는 쉽게 허락되지 않았다. 외교부와 공조한 작업에 별 성과가 없었다. 아들과 양부모는 이미 오래전에 그 주소지를 떠나 이사한 뒤였다. 복잡한 기억의 편린이 하나둘 제자리를 찾아가는 듯했는데, 김 씨의 머릿속은 다시 뒤죽박죽됐다. 그때, 헝클어진 추적의 방향을 정비하고 나선 것은 수사팀과 통역사 김유경 씨였다. 김 씨의 말에 따르면, 그들은 포기를 몰랐다.

오래전 기록과 외교 루트를 통한 추적이 벽에 부닥치자 수사팀은 SNS를 뒤져 해외입양인 커뮤니티에 글을 올렸다. 봉사단체에서 활동하다가 경찰 요청에 재수사 과정을 돕던 유경 씨의 역할이 컸다. 김 씨 부부가 언제 어디서 아들을 잃었는지, 그 후 하루하루가 얼마나 고통스러웠는지, 30여 년 만에 단서를 찾았지만 다시 벽에 부닥쳐 얼마나 안타까운지를 대신글로 옮겼다.

속절없는 시간이 흐른 끝에 도착한 한 통의 메시지.

"이 아들이라는 사람, 내가 아는 조슈아 라이스 같아요."

수사팀에 연락해 온 사람은 미국에 사는 에이미라는 여성이었다. 그 역시 1972년에 입양된 한인이었고 미국의 한인 입양인 커뮤니티를 이끌고 있었다. 마찬가지로 친부모를 찾고 있던 에이미는 수사팀과 유경 씨가 남긴 글을 보고 넓은 미국

땅 어딘가에 있을 자신과 같은 처지의 태형이를 찾아 나섰다.

자기 부모가 나타난 것도 아닌데 왜 이렇게까지 하나 싶을 정도로 치열한 탐문 과정이 이어졌다. 태형이의 양아버지는 군인이었다. 2~3년마다 사는 곳을 옮겨 다니는 직업이다. 에이미는 수사팀이 건넨 1981년 주소만을 손에 쥔 채 현지에서 '추적'을 시작했다.

그 동네에 직접 찾아가 사람들에게 묻고 또 묻고 설득해서 양아버지가 이사한 다음 주소를 알아냈다. 두 번째 주소지에 가서는 또 다음 주소를 확보했고, 세 번째 주소지에서 네 번째 주소를 손에 넣었다. 이런 작업을 반복해 태형이가 현재 콜로라도주에서 살고 있다는 사실을 알아내기까지 무려 6년이 걸렸다. 태형이 가족의 주소는 열두 번이나 바뀌어 있었다.

그렇게 찾아낸 태형이, 아니 어른이 된 태형 씨의 첫 반응은 무심했다.

"부모가 나를 버렸다. 만나지 않겠다."

그 마음을 이해하지 못하는 건 아니었다. 그는 열여섯 살이 되던 해에 친부모를 찾겠다며 한국 법원과 입양기관의 문을 두드렸지만 부모에 대한 기록이 없다는 통보만 전해 받았다. '아, 내가 태어난 곳에는 나의 피붙이가 없구나, 나를 낳은 사람들은 오래전에 나를 잊었겠구나' 하며 모든 걸 포기했다.

그 상처가 아물지 않아 "부모가 널 찾는다"라는 말에도 고개를 가로저었다. 이때 그를 설득한 사람 역시 에이미였다. 결국 한국에서 한 번, 미국에서 또 한 번 DNA 검사를 했다. 검사지에 적혀 나온 두 글자는 '일치'.

마침내 한국에 발을 디딘 태형 씨를 유경 씨가 안내했다. 서로 다른 말을 쓰는 아빠와 아들의 거리를 조금이라도 좁혀야 했기에 직접 나섰다. 부모가 겪은 38년의 세월을 알지 못하는 아들에게 모든 사정을 차근차근 설명해 갔다.

그렇게 부모와 아들은 2019년 1월 30일 대구경찰청에서 재회했다.

한참을 부둥켜안고서 서로 얼굴을 비볐고, 태형 씨는 결국 눈물을 쏟았다.

"지금까지 제가 버려진 줄 알았는데 그게 아니었어요."

아버지도 실감이 나지 않는다는 목소리로 말했다.

"지금 이 순간에도 믿기지 않습니다."

아버지는 이런 말을 덧붙였다.

"애써주신 분들께 고마움을 어떻게 전해야 할지 모르겠어요. 숱한 난관이 있었는데, 어찌할 바를 몰라 애만 태웠는데,

이분들이 다 뚫고 나갔습니다……."

아버지의 38년간의 기다림을 경찰과 통역사와 입양인이 함께 벌인 7년간의 끈질긴 추적이 매듭지었다. 절대 끝나지 않는다는 실종사건은 그렇게 끝이 났다.

38년 만의 일주일

유경 씨는 2018년 10월의 하루를 또렷이 기억한다고 했다. 김진호 씨 사연을 올린 해외입양인 커뮤니티를 통해 '사라진 아이' 태형 씨에게서 첫 메시지를 받은 날이었다.

"친부모가 나를 찾는다고요? 그들은 저를 버린 사람들입니다. 제게는 이미 사망한 사람들이에요. 만약 살아 있다면 감옥에 있어야지, 왜 나를 찾습니까. 만나고 싶지 않습니다."

부모를 향한 태형 씨의 날선 경계는 한 달 이상 계속됐다. 애써 잊고 살아온, 수십 년 묵은 오해가 어제 일처럼 되살아나고 있었다.

'미상Unknown'. 친부모를 찾아 나섰던 열여섯 살의 태형 씨가 한국 입양기관에서 받은 서류에는 그렇게 적혀 있었다. 부모에 대한 기록이 없다는 뜻이었다. 그가 입양된 1980년대만 해도 입양서류에 친부모 인적사항을 기재토록 하는 규정이 없었다. 부모가 실수로 아이를 잃었든, 고의로 양육을 회피했든, 어떤 사정 때문에 불가피하게 입양을 택했든 서류에는 대부분 '미상Unknown'이라는 냉정한 도장이 찍혔다. 상당수는 미혼모였고, 딸이라는 이유로 입양을 결정한 이들도 적지 않았다. 이 도장의 이면에 어떤 사연이 있는지 가늠할 길이 없는 대다수 해외입양인은 안타깝게도 자신을 '버려진 아이'라고 인식하게 된다. 태형 씨가 분노한 이유도 같았다.

흘러버린 시간, 켜켜이 쌓인 오해, 서로 다른 문화, 언어의 장벽. 한국행을 거부하던 태형 씨를 어렵게 설득했지만, 부모와 아들 사이에는 여전히 넘어야 할 벽이 많았다. 대구경찰청에서 38년 만에 재회한 2019년 1월 30일, 세 사람은 부둥켜안고 오열하며 서로를 확인하는 시간을 보낸 뒤 부모의 집으로 향했다. 고사리 같던 아들의 손이 훌쩍 커져서 엄마의 손을 감싸 쥔 채 나란히 걸었다. 주어진 시간은 일주일이었다. 그 시간이 지나면 태형 씨는 다시 생업이 있는 미국으로 가야 했다. 38년이란 세월을 일주일 만에 넘어서는 일은 무모해 보였다.

부모는 대구 사투리를 썼고, 아들은 영어를 썼다. 입과 귀가 막혔으니 눈짓과 몸짓을 총동원해야 했다. 더 큰 문제는 엄마의 기억 속 태형 씨가 세 살에 멈춰 있다는 거였다. 혼자 옷을 갈아입는 것도, 젓가락질과 양치질을 하는 것도, 주위 사물의 이름을 하나둘 배워가는 것도 엄마는 보지 못했다. 그래서 다 큰 아들에게 밥을 떠먹이고 머리를 감겨주려 했다. 해외입양인의 가족 상봉을 여러 차례 지켜본 유경 씨는 "부모의 이런 사랑에 어색해하는 입양인이 많다"라고 말했다.

부모는 오랜 세월 끝에 만난 자식에게 남은 일생을 모두 쏟으려 하지만 자식은 당황해하고 부담으로 받아들이곤 한다. 특히 서구에서 성장하며 양부모와 독립적인 관계를 유지해 온 입양인은 한국 부모의 사랑 방식에 거부감을 보이는 경우가 많다. 태형 씨도 그런 저항이 있는 입양인이었다. 좋고 싫음의 문제가 아니라 문화의 차이였다.

유경 씨는 사전에 부모에게 또 태형 씨에게 차분히 설명했다. "혹시 이러이러한 일이 생겨도 너무 서운해하지 마세요." "아마 이러이러한 일로 조금 불편할지도 몰라요." 부모와 자식에게 서운할 거라고, 불편할 거라고 말하는 건 몹시 어색한 일이지만 꼭 필요한 말이었다. 양쪽 다 이 말을 흘려듣지 않았다는 사실은 김진호 씨가 아살세팀에 보여준 여러 장의 사진에서 확인할 수 있었다.

38년 만에 함께 보낸 일주일을 기록한 사진에서 태형 씨는 자신에게 얼굴을 비비는 엄마의 미소를 따라 활짝 웃었고, 익숙하지 않은 대구 음식을 매일 먹던 것처럼 먹었다. 그렇게 찍힌 사진에는 아버지와 어머니의 인내와 노력이 배어 있었다.

그 일주일은 앞쪽의 이틀과 나머지 날들로 나눌 수 있다. 38년 만에 아들을 찾은 감격에 밥을 떠먹일 만큼의 흥분을 한동안 주체하지 못했던 부모는 놀라운 의지로 이내 그것을 가라앉혔다. 하루에도 몇 번씩 아들을 끌어안고 살을 비비고 싶었지만, 사랑의 표현을 꾹 눌러 참았다. 한집에서 온종일 붙어 있어도 흡족하지 않을 텐데 아들에게 혼자 보낼 시간과 차분히 생각할 독립된 공간을 주려고 일부러 바쁜 척하며 지냈다. 그것은 자식을 위한 배려고 이해였는데, 다시 가족이 되기 위한 몸부림이기도 했다.

다시 가족

　해외입양인과 친부모의 상봉은 또 다른 이별의 시작이 되곤 한다. 부모의 삶은 한국에, 자식의 삶은 외국에 있다 보니 떨어져 지낸 시간의 골을 채 메우기도 전에 다시 헤어져야 하는 운명이다. 친부모를 찾는 입양인이 그 과정을 먼저 거친 이들에게서 "만남 이후가 더 힘들 수 있다"라는 말을 간혹 듣는 까닭은 다시 그리워해야 하는 시간이 그들을 기다리고 있기 때문이다.

　태형 씨는 대구에서 일주일을 보내고 미국으로 돌아갔다. 몇 달 뒤 추석을 앞둔 늦여름, 놀라운 일이 벌어졌다. 미국 생활을 정리한 짐보따리를 잔뜩 들고 아들은 다시 한국에 왔다. 아직 미혼인 데다 머무는 데가 어디든 별로 구애받지 않는 직

업을 가져서 가능했던 일이지만, 40년 가까이 살아온 터전을
뒤로하는 것은 결코 쉬운 결정이 아니었다. 태형 씨는 "미국에
서도 여러 주를 옮겨 다니며 살았다. 부모님이 계신 한국에서
뭔가를 다시 시작하는 것도 좋을 것 같았다"라고 말했다.

그는 한국에 와서 가장 먼저 경희대 한국어학당을 찾았다.
부모와 대화하기 위해 한국어를 배우기 시작했다. 얼마 후 생
일을 맞아 대구에 계신 아버지에게 서울에 사는 아들이 카카
오톡 메시지를 보냈다. '아버지 생신 축하드려요.' 아버지 평
생 처음 들어보는 말이었다.

그렇게 한국 생활에 적응해 가는데, 얄궂게도 부모님이 계
신 대구에서 코로나 1차 대유행이 터졌고, 잠잠해지나 싶더니
태형 씨가 있는 수도권에서 2차 대유행이 불거졌다. 함께하지
못한 시간을 만회하려 바다를 건너온 이를 바이러스가 방해
하고 나섰다. 만나지 못하는 시간을 견디려 태형 씨는 요즘 장
구를 배우고 있다. 부모의 문화를 이해하기 위한 여러 노력 중
하나로 시작했다.

아버지와 어머니는 여전히 인내하고 있다. 아들을 자주 보
지 못하는 상황이 속상해도 드러내지 않고, 조바심내지 않고,
부모와 자식의 '흔한' 관계를 유지하려 애쓰는 중이다. 그 사
이에서 유경 씨는 가족 상담 역할을 한다. 아직 완전히 가라앉

지 않았고 언제 불거질지 모르는 서운함과 불편함을 적절히
조율해 주는, 누가 시키지도 않은 일을 그는 기꺼이 자임했다.
태형 씨네는 그렇게 가족이 돼가고 있었다.

아살세팀은 이 사연을 취재하며 김진호 씨와 여러 차례 통
화했다. 이 모든 이야기를 책에 담아도 되는지 묻자 그는 "아
직 아이를 못 찾은 부모, 부모를 찾지 못한 입양인이 많다"라
고 답했다. 같은 아픔을 가진 이들에게 희망이 된다면 얼마든
지 좋다는 말이었다. 전화를 끊고 조금 있으니 그에게서 문자
메시지가 한 통 도착했다.

"에이미와 크리튼이라는 해외입양인이 있습니다. 참 안타
까운 사연을 가진 분들인데 이분들께 도움이 되지 않을까 싶
어 몇 자 적어봅니다. 에이미는 제가 아들을 만날 수 있게 많
은 도움을 주었는데 정작 본인은 부모를 찾지 못해 매년 한국
에 옵니다. 크리튼은 자매가 따로 입양됐다가 각각 부모를 찾
아 나섰습니다. 그 과정에서 서로 자매라는 사실이 확인돼 지
금은 함께 부모를 찾고 있습니다……."

그 메시지에는 에이미와 크리튼 외에도 부모를 찾는 입양
인들의 사진이 잔뜩 붙어 있었다.

벽
하나를

넘으면

803호 할아버지

철컹, 차가운 철문이 닫히면 자물쇠가 삼중으로 잠긴다. 빼곡하게 각진 공간이 들어차 있다. 가구별 독립성이 보장되고 일반 주택보다 세련돼 보인다. 겨울에 따뜻하고 여름엔 시원하다. 그뿐인가. 놀이터와 노인정, 체육시설에다 상가도 있다. 안전하기까지 하다. 각 동에 배치된 경비원은 이웃 간의 시비를 해결하고 외부인의 간섭을 차단해 준다. 이 모든 것을 덤으로 얻었을까?

아파트의 현대식 윤택함을 취한 이들은 기꺼이 관계를 내줬다. 이웃을 '우리'가 아닌 '남'으로 규정했고 그때부터 문제가 시작됐다. 미국의 어느 건축가는 아파트를 "칼날이 가득 담긴 그릇"으로 비유했다. 인간 사회에서 마땅히 작용해야 하는 관계의 부재는 편리함으로 치환됐다. 이웃과 단절되면서 소통의 기술은 하나씩 퇴화해 갔다. 미숙해진 대화 능력은 분노로 표출되곤 한다. 철문은 더 복잡한 보안 장치로 강화되었다. 하지만 그곳에도 사람이 살고 있었다.

소영(가명) 씨는 11년 전 지금의 아파트로 이사할 때를 떠올렸다. 평소 떡 만드는 걸 좋아했던 그는 직접 콩가루떡과 시루떡을 쪄서 이웃에게 이사 기념으로 선물했는데, 유독 윗집 803호에서의 기억이 또렷했다.

떡을 건네드리자 할아버지는 "요새 이런 집이 흔치 않은데……" 하며 무척 고마워했다. 위아래 층에 떡 배달을 마치고 집으로 돌아오니 현관문 손잡이에 검은 비닐봉지가 걸려 있었다. 작은 호박 두 덩이와 호박잎 그리고 정성 들여 쓴 쪽지까지 든 봉지였다. 누굴까. '반가워요'라는 쪽지 인사말을 읽으며 왠지 803호 할아버지인 것 같다는 생각이 들었다.

며칠 뒤 동네를 산책하는 할아버지와 마주쳤다. 역시나 호박과 쪽지의 주인은 할아버지였다. 할아버지와 함께 있던 할머니는 거동이 불편하신 것 같았다. 뇌졸중으로 쓰러졌던 터라 말이 어눌하고 홀로 다니기 어려운 상태라고 했다. 이후 몇 차례 우연한 만남을 거듭하면서 소영 씨는 그 산책이 아침저녁으로 반복되는 부부의 일과이며, 할아버지가 할머니의 건강을 위해 고집을 부려 시작된 일이었고, 그날의 일기예보에 딱 맞는 할머니의 옷차림은 모두 할아버지가 정성껏 챙겨주는 것임을 알게 됐다.

이렇게 시작된 803호 할아버지와의 인연은 일정한 패턴을 반복했다. 소영 씨가 손수 만든 음식을 들고 찾아가면 얼마 후 소영 씨네 현관에는 검은 봉지가 걸렸다. 할아버지는 봉지에 김부각을 넣기도 했고, 깻잎과 콩잎을 담기도 했다. 귤이나 사과 같은 과일이 제법 많이 들어서 묵직해 보일 때도 있었다. "그러지 마시라"라고 여러 차례 간곡히 만류했지만, 할아버지는 무엇으로든 꼭 답례를 했다.

이런 일도 있었다. 소영 씨가 혼자 집에 있던 어느 오후, 위층에서 '쿵' 소리가 들렸다. 불안한 마음에 올라가 문을 두드렸는데 인기척이 없었다. 곧장 119에 신고했다. 구급대원과 함께 문을 뜯고 들어간 집에는 할머니가 쓰러져 있었다. 외출했던 할아버지는 뒤늦게 병원으로 달려왔다. "조금만 늦었으면 위험했을지도 모른다"라는 의사의 말을 듣는 동안 할아버지는 소영 씨 손을 꼭 붙잡고 있었다.

그날부터 할아버지의 일과에 '오전 5시 30분'이 추가됐다. 매일 그 새벽에 주차장으로 내려가 소영 씨네 차를 몰래 세차해 두는 것이었다. 어쩌다 이 사실을 알게 된 소영 씨가 깜짝 놀라 펄펄 뛰며 말려도, 소영 씨 남편이 차를 주차장 저 구석에 숨기듯 세워놓아도 할아버지는 어떻게든 찾아내 세차를 했다. 남편이 "주말마다 세차하는 게 제 취미인데 할아버지가 해버리시면 제가 심심하다"라고 한참 떼를 쓴 뒤에야 할아버지는 새벽 세차를 멈췄다. 대신 소영 씨네 문고리에 검은 봉지가 더 자주 모습을 드러냈다.

그리고 얼마 후 할머니가 세상을 떠났다. 홀로 남은 할아버지는 자식과 함께 살게 됐다. 아파트를 떠나는 날이 코앞에 왔을 때, 갑작스러운 이별에 소영 씨가 아쉬워하고 있을 때, 늘 봉지만 걸어두고 돌아가던 할아버지가 소영 씨네 초인종을 눌렀다. 옥가락지 하나와 은가락지 하나를 소영 씨에게 내밀며 이런 말을 건넸다.

"내가 아들만 둘인데 막내딸 생긴 기분이어서 좋았어. 집 정리를 하느라 붙박이장을 치우는데 서랍 틈에 딱 이거 두 개가 남아 있더라고. 할망구가 막내딸 생겼으니 주라고 남겨둔 것 같아서 들고 내려왔어."

못 받는다, 받아라, 절대 안 된다……. 치열한 실랑이가 이어졌지만 "이러다 나 기운 빠져서 쓰러지면 책임질 거냐"라는 할아버지의 '협박'에 소영 씨는 백기를 들고 말았다.

아쉬운 이별을 모른 척하며 시간은 흘러갔다. 할아버지가 떠난 803호에 신혼부부가 이사를 왔고, 부부의 아기는 어느덧 다섯 살이 됐다. 그만하면 제법 긴 세월이 지났는데도 소영 씨는 여전히 문득문득 할아버지가 떠오른다고 했다. 40대 후반이 된 2020년 6월의 그날도 그랬는지 온라인 커뮤니티에 이런 사연을 적으며 할아버지의 안부를 궁금해했다.

"엘리베이터에서 이웃과 인사할 때면 할아버지가 생각나요. 엘리베이터만 타면 누구에게든 고개 숙여 먼저 인사하시고 별일 없냐고 물어봐 주시던 할아버지 덕분에 저희 동 사람들은 요즘도 엘리베이터에서 마주치면 꼭 인사를 나누거든요. 803호 할아버지, 잘 계시지요?"

문고리에 걸어둔 마음

아파트의 단지 출입문을 지나고 각 동의 공동 출입문을 지나서 내가 사는 층에 이르면 비로소 집 현관문이 나온다. 아파트에 산다는 건 이렇게 세 개의 문을 매일 드나드는 일의 연속이다. 첫 번째 문은 늘 열려 있고, 두 번째 문은 열려 있기도 닫혀 있기도 한데, 세 번째 문은 항상 닫혀 있는 경우가 많다.

모두의 공간에서 나만의 공간을 분리하는 경계선 역할을 아파트는 이 현관문에 부여했다. 그것은 대개 육중한 철문이며 칼로 잘라낸 단면처럼 매끄러운 얼굴을 가졌다. 타인이 쉽게 다가갈 수 없는 위압적인 외양에서 유일한 허점은 손잡이에 있었다. 누군가의 공간에서 모두의 공간을 향해 삐죽 튀어나온 돌출부. 그 집에 사는 사람이 이웃을 향해 내민 손처럼 보였는지, 현관 문고리를 소통의 창구로 활용한 사람이 803호 할아버지 말고도 더 있었다.

어린아이를 키우는 젊은 엄마는 늘 노심초사했다. 매 순간 최선을 다했지만 육아는 마음처럼 쉽지 않았다. 아이는 뛰고 뒹굴고 소리를 질렀다. 엄마 혼자 아이를 달래기는 역부족이었다. 2018년 8월 더위가 맹위를 떨치던 날, 엄마는 오랜 준비 끝에 이사를 마쳤다. 무더위에 땀범벅이 됐다. 몹시 지쳤어도 반드시 해야 할 일이 있었다. 그의 발걸음은 아랫집을 향했고, 계단을 내려가는 내내 노심초사했다. 화를 내지는 않을까, 불편해하진 않을까. 벨을 누를 용기조차 없었는지 현관 문고리에 소소한 간식 봉지를 걸고, 쪽지를 붙였다.

"이번에 윗집으로 이사 온 사람입니다. 잘 부탁드립니다. 아이가 한 명 있는데 혹시라도 시끄러우면 참지 말고 연락 주세요."

지금까지의 집안 상황은 불 보듯 뻔했다. 아이는 뛰기 위해 온 힘을 다했을 거고, 엄마는 주변 눈치를 보느라 속이 썩었을 거다. 막 뛰기 시작한 아이는 그게 얼마나 큰 소음을 만들어 내는지 알 리 없었다. 혼을 내면 목이 터져라 울어 젖힐 뿐이다. 그래서 엄마는 모두에게 미안했다. 이웃에게도, 아이에게도.

얼마나 지났을까. 딩동, 초인종이 울렸다. 아랫집 사람이었다. 그사이 아이가 소란스럽게 한 걸까. 어떻게 사과해야 하나, 걱정을 한가득 품고서 문을 열었다. 아랫집 사람은 한 손에 쪽지를, 다른 손에 더치커피를 들고 있었다. 표정은 밝았다. 그가 건넨 쪽지에는 "아이가 시끄럽게 해도 괜찮으니 신경 쓰지 마세요. 배려해 줘서 고맙습니다"라고 적혀 있었다.

커피는 아랫집 주민이 윗집 이웃에게, 아파트에 먼저 살던 사람이 새로 이사 온 사람에게, 쑥스럽게 문고리에 간식을 걸어둔 아이 엄마의 마음이 고마워 답례로 준비한 선물이었다. 엄마는 한동안 그 자리에 멈춰 있었다. 너무 놀라서 어리둥절했고, 고맙다는 말도 떠오르지 않을 만큼 멍했다. 먼저 다가가길 잘했다고 생각했다.

엄마의 마음을 아는지 모르는지 아이의 뜀박질은 계속됐다. 아랫집 이웃은 어떤 불평도 하지 않았다. 엄마는 또 한 번 사과 쪽지와 작은 선물을 아랫집 문고리에 슬그머니 걸었다. 다음 날 만난 이웃은 엄마의 손에 다시 편지를 건넸다.

"그렇게 더불어 살아가는 거죠. 소음 걱정은 추호도 하지 말고 마음 놓고 예쁜 딸과 행복한 시간 보내요. 이웃을 생각하는 따뜻한 마음을 가슴에 담고 주말을 맞이하게 되었네요. 고마워요Thanks a lot.^^"

집과 집이 층층이 쌓여 있어 내 소유지만 온전히 내 것은 아닌 공간. 벽 하나를 사이에 두고 살아가지만 친밀하진 않고, 생판 남으로 분리하기엔 극도로 예민한 사이. 울타리를 넓혀 준 이의 배려가 엄마는 그래서 몹시 고마웠다.

아이들의 세상

아이들의 눈높이는 종종 어른들을 놀라게 만든다. 2018년 9월 11일 온라인 커뮤니티에 자동차 블랙박스 영상을 올린 어른도 그랬다. 해 질 녘에 퇴근한 그는 여느 때처럼 차를 몰고 경남 창원의 아파트 단지에 들어섰다. 유치원생이거나 초등학교 저학년으로 보이는 아이 몇몇이 단지 입구 횡단보도에서 멈칫거리고 있었다. 퇴근 시간이면 차량 통행이 많아지는 곳이라 건널 타이밍을 재는 듯했다. 그는 차를 멈추고 어서 건너라는 손짓을 했고, 알아들은 아이들이 길을 건넜다.

반대편 인도로 아이들이 건너간 것을 확인하고 차를 출발시키려던 참이었다. 갑자기 어떤 아이의 목소리가 들렸다.

"고맙습니다~!"

한 아이가 인도에 서서 허리 숙여 인사하며 외치자 다른 아이들도 따라서 합창했다.

"고맙습니다!"

"안녕히 가세요!"

"그래, 안녕!"

집에 간 그는 다음 날 일부러 영상을 찾아보면서 왠지 뭉클함을 느꼈다고 한다. 나이가 들수록 입안에서 맴돌 때가 많아지는 말, 편의점 알바생들이 가장 듣고 싶은 말로 꼽는다는 그 말, '고맙습니다'. 어른들은 이 말을 아이들에게 가르치고, 그 사용법을 다시 아이들에게서 배운다.

노인은 손에 쥔 지팡이에 의지해 걷고 있었다. 시각장애인의 눈이 돼주는 그 지팡이였고, 불안한 걸음걸이도 앞이 보이지 않는다는 사실을 말해줬다. 2018년 10월 포항의 인도를 걸어가다 이 노인과 마주쳤던 행인은 페이스북에 접속해 글을 올렸다. 갑자기 꺾어지는 모퉁이, 인도로 불쑥 튀어나온 건물, 울퉁불퉁한 노면 등이 그 길에 도사리고 있었다고 했다.

초등학생 여자아이 두 명이 행인과 같은 방향으로 노인을 향해 걸어가는 중이었다. 아이들의 대화가 얼핏 들렸다.

"할아버지 도와드려야 하는데……."

행인이 그랬던 것처럼 아이들은 머뭇거렸다. 선뜻 나서지 못하고 주저하는 동안에도 걸음은 계속 이어져서 노인을 지나치고 말았다. 걸을수록 노인과의 거리가 점점 멀어져 갈 때, 행인은 다시 아이들의 목소리를 들었다.

"도와드리자!"

두 아이는 몸을 돌려 노인을 향해 뛰어갔다.

"할아버지, 어디로 가세요?"

도움이 필요했던 노인이 목적지를 말하자 아이들은 손녀가 할아버지에게 하듯이 팔짱을 꼈다. 노인의 보폭에 맞춰 걸으며 노인의 귀를 향해 뭔가 재잘거리는 아이들의 모습을 행인은 꽤 오래 지켜봤다고 한다. 여러 사람이 그 길을 걷고 있었고, 다들 비슷한 생각을 했을 텐데, 행동에 옮긴 것은 오히려 아이들이었다고.

엘리베이터에서 생긴 일

길을 가다 돈을 주웠다면, 그게 2,000원이라면 과연 선택의 여지가 있을까? 2017년 12월 경기도 동탄의 한 아파트 엘리베이터에 어딘가 어울리지 않아 보이는 벽보가 붙었다. 1,000원짜리 지폐 두 장. 그 옆에 '주인이 누군지 몰라 붙여둡니다'라는 메모가 적혀 있었다. 딱 2,000원. 쓰고 붙이는 정성을 들이며 제자리를 찾아줄 만한 큰 액수는 아니었다. 주머니에 넣어도 문제없을 거라 여길 수 있었다.

이 아파트에 사는 최서연 씨는 두 번 놀랐다고 했다. 적은 돈이라 생각해 그냥 가질 수도 있었을 텐데 그러지 않은 주민에게 한 번, 어린 학생도 많이 사는 동네라서 누군가 욕심을 부리거나 장난삼아 떼어갈 수도 있을 법한데 2,000원이 꽤 오랫동안 그 자리에 붙어 있어서 또 한 번.

지폐를 붙여둔 이의 마음을 다들 존중했다. 며칠이 지나도 돈은 그대로였다. 아이부터 어른까지 소소한 액수인 2,000원을 함부로 대하지 않았다. 인터넷 게시판에 댓글을 쓰듯이 엘리베이터 벽에 "누군지 굉장히 멋집니다" "우리 아파트 너무 좋아요"라고 쓴 메모가 달리기도 했다.

돈이 사라진 건 보름 뒤였다. 그날 엘리베이터에 탄 주민 가운데 '아무나 가져갔겠지'라고 생각한 사람은 없었을 것 같다. 다 같이 무언가를 할 때 소리 없이 쌓이는 신뢰가 2,000원의 주인을 기다리는 동안 주민들 사이에 스며들었을 것이다. 서연 씨는 "돈을 주워 붙여놓고 기다려준 주민들이 멋있더라"라고 했다.

2018년 1월 세종시의 한 아파트 엘리베이터에도 색다른 쪽지가 붙었다. 이 아파트에 사는 준형 씨는 퇴근길에 엘리베이터에서 노란 포스트잇 하나를 발견했다. 눈에 띄지 않고 지나칠 수 없게 엘리베이터 탑승자의 시선이 반드시 한 번씩은 머무르는 '층 버튼' 위에 붙어 있었다. 작성자는 우체국 택배 기사였다.

"○○○○ 차주분! 16일부터 이틀 동안 자동차 실내등이 켜져 있어요. 방전된 거 아닌가······."

"아닌가······."의 말줄임표에 들어 있는 말은 "걱정됩니다"인 것이 분명했다. 준형 씨도 마침 주차장에서 실내등이 켜진 채로 세워져 있는 차를 목격한 터였다. 가까이 다가가 살펴봤는데 앞 유리창에 운전자 전화번호가 붙어 있지 않았다. 연락처가 없으니 어떻게 알려주나, 관리사무소 사람들도 퇴근했을 텐데, 하면서 걸음을 돌려 엘리베이터에 탔다가 포스트잇을 본 것이다.

포스트잇에 적힌 글귀는 짤막했지만, 그 택배 기사에 대해 많은 것을 말해주고 있었다. 실내등이 켜진 것을 이틀간 보았으니 이 단지를 거의 매일 출입하는 사람일 테고, 연락 수단으로 포스트잇을 택한 걸 보니 준형 씨처럼 그 차 유리창에 연락처가 붙어 있지 않다는 사실을 알았을 거였다. 늘 시간과 싸우는 바쁜 택배 업무 중에도 누군가의 자동차 배터리 상태를 걱정해 주는 사람이고, 어떻게든 연락할 방법을 찾아낸 걸 보면 자신의 일터인 이 아파트 주민들을 이웃처럼 여기고 있는 게 분명했다.

준형 씨는 다음 날 아살세팀에 제보 전화를 걸었다.

"운전하는 분이라면 택배 기사님의 이 한마디가 얼마나 고마운지 다들 아실 겁니다."

2018년 5월 인터넷에 공개된 24초짜리 영상에는 서울 구로구의 아파트 1층 엘리베이터에서 벌어진 일이 찍혀 있었다. 택배 기사가 상자를 여럿 들고 엘리베이터에서 내리는 장면부터 시작됐다. 기사가 내리자 기다리던 할머니가 엘리베이터에 올랐다. 할머니는 목줄을 한 강아지를 데리고 있었는데, 이 녀석이 할머니를 따라가지 않고 딴짓을 했다. 엘리베이터에 탄 할머니와 아직 타지 않은 강아지. 그 사이에서 문이 닫혀버렸다. 할머니와 강아지를 연결해 주던 목줄이 문에 낀 채로 엘리베이터는 움직이기 시작했다. 목줄에 묶인 강아지는 엘리베이터 쪽으로 속수무책 끌려가며 버둥거렸다.

그때 상자를 정리하던 택배 기사가 몸을 던졌다. 두 손으로 목줄을 붙잡고 강아지가 더 이상 끌려가지 않게, 목줄이 강아지의 목을 더 이상 죄어들지 않게 버텼다. 사람과 엘리베이터의 난데없는 줄다리기가 벌어진 몇 초 동안 기사는 바닥에 나뒹굴면서도 끝까지 목줄을 놓지 않았다. 결국 줄이 끊어져 강아지가 안전해지고 나서야 기사는 몸을 일으켰다. 비로소 자신의 다친 곳을 살피며 팔꿈치를 어루만지는 모습에서 영상은 끝났다.

영상을 올린 목격자는 "강아지의 위험을 감지한 기사님이 재빨리 목줄을 잡고 매달렸다. 그 와중에 넘어져 팔꿈치를 다치셨다. 강아지는 무사했다. 엘리베이터에 탔던 할머니는 허겁지겁 내려와 상황을 파악하곤 울면서 고마워했다"라고 적었다. 기사는 "다음부터는 안고 타세요"라는 한마디만 남긴 채 상자를 들고 홀연히 가버렸다. 택배 업무가 늘 그렇듯 무척 바빠 보였다고 한다.

이 영상에서 이상한 점은 첫 장면이었다. 1층 엘리베이터에서 내리는 택배 기사는 빈손이어야 하지 않을까? 1층에서 탈 때야 상자를 잔뜩 들고 있겠지만 내릴 때는 이미 다 배달한 뒤일 테니 손이 가벼워야 하는데, 그는 상자를 여럿 든 채로 엘리베이터에서 내렸다. 영상이 화제가 되고 뒷얘기가 하나둘 공개되면서 궁금증은 풀렸다.

이 아파트에는 엘리베이터가 두 대였다. 기사는 배달할 상자들을 왼쪽 엘리베이터에 실었다가 그 엘리베이터에 할머니가 강아지와 함께 타려 하자 방해가 되지 않으려고 다시 내린 거였다. 할머니를 먼저 보내고 나서 오른쪽 엘리베이터를 기다리려는데 목줄 사건이 벌어졌다. 울면서 고마워하는 할머니 앞에서 홀연히 사라질 만큼 바쁜 사람이 엘리베이터를 양보하기 위해 애써 실었던 짐을 끄집어 내렸고, 강아지의 목숨을 구하기 위해 엘리베이터와 줄다리기를 했다. 아파트 엘리베이터에서는 이런 일도 벌어진다.

꽃보다 우산

"매일 당신과 동행하는 이웃의 길 위에 한 송이 꽃을 뿌려 놓을 줄 안다면 지상의 길은 기쁨으로 가득 찰 것이다."

여러 블로그에 자주 등장하는 이 명언을 일상에서 실천하는 사람이 있다. 그는 울산의 한 아파트에 산다. 2018년 5월 황금연휴 마지막 날 울산에는 아침부터 일기예보에 없던 비가 내렸다. 우산을 챙기지 않고 길을 나서던 아파트 주민들은 우왕좌왕했다. 출입구 처마 밑에서 걸음을 떼지도, 돌리지도 못하던 사람들은 한쪽에 가지런히 놓여 있는 우산 여러 개를 발견했다. 살이 부러지지도 고장 나지도 않았다. 새것이나 다름없는 우산들은 이 아파트에 사는 70대 노인이 아침에 빗소리를 들고 꺼내놓은 것이었다. 혹시 필요하면 가져가라고.

사회에서 주어진 몫을 다하고 은퇴한 할아버지는 조금 무료했던 듯하다. 여전히 더 할 수 있는 일과 더 하고 싶은 일의 교집합이 무엇일지 생각하다 자신의 남다른 손재주를 떠올렸을지도 모른다. 여기저기 버려져 뒹구는 우산이 꽤 많다는 사실을 발견하고서, 그 두 가지를 더하면 사람들에게 도움이 될 수도 있겠다고 생각했을 것이다. 이후 우산을 주우러 다니는 일은 할아버지의 일과가 됐다. 동네를 산책할 때, 재활용 수거장을 지나칠 때, 휴지통에 뭔가 길쭉한 것이 꽂혀 있을 때 버려진 우산이 있나 살펴보고, 있으면 집으로 가져왔다.

그런 우산들은 할아버지의 만능 손을 거치면 아무리 낡은 것도 새것처럼 됐다. 비가 오는 날이면 우산들은 어김없이 아파트 계단과 통로에 모습을 드러냈다. 한 주민은 인터넷에 〈우리 아파트 어르신〉이라는 글을 올려 "오늘처럼 비 오는 날 출근하고 외출하는 주민들을 위해 통로마다 이렇게 내놓는다"면서 아파트 계단에 가지런히 놓인 우산 사진을 공개했다. 사진에는 대여료 안내문도, 반납 안내문도 없었다. 누구든 그냥 가져가서 잘 쓰면 된다. 우산은 할아버지가 주민들에게 건네는 선물이고 '이웃의 길에 뿌려놓는 꽃' 같은 것이었다.

글을 쓴 주민은 우산 할아버지가 우산 말고도 많은 것을 고

친다고 했다. 누구네 식탁이나 의자 같은 것이 고장 났다는 말을 들으면 찾아가서 새것과 다를 바 없이 수리해 준다. 산타의 선물을 받으려고 크리스마스를 기다리듯 아파트 사람들은 할아버지의 우산을 만나려고 비가 오기를 기다릴지도 모르겠다.

"감사하는 마음으로
걷다 보면 어느 길이든
행복하지 않은 길은 없다."

조지 E. 베일런트

사는 것, 사는 곳

아파트는 한국에서 부의 상징이 됐다. 아파트 가격을 신분의 기준처럼 여기는 이들이 있고, 그런 사람은 아파트를 '사는 것'으로 바라보는데, 그들의 시선은 종종 외부인에 대한 배제로 표현되곤 한다. 애꿎은 타깃이 되는 건 주로 택배 기사들이었다.

어떤 아파트는 택배 기사가 엘리베이터를 타지 못하게 했고, 화물용 수레를 끌지 못하게 한 곳도 있었다. 공통된 이유는 주민들이 불편해한다는 거였다. 주민들을 위해 찾아오는 사람, 주민들이 필요해서 부르는 사람인데, 그래도 그들은 주민이 아니라는 배타적 발상이 여기저기서 고개를 들었다. 아파트가 '칼날이 가득 담긴 그릇'이 되어갈 때, 침묵하던 다수가 입을 열었다.

2019년 12월 어느 아파트 게시판에 안내문이 붙었다. "배송 수레 사용을 금지합니다. 소음으로 입주민이 고통받고 있습니다. 협조 부탁합니다." 수레바퀴 소리가 시끄럽다고 관리 사무소에 민원을 제기한 이들이 꽤 강하게 얘기했던 모양이었다. '수레 사용 금지'라는 대목이 빨간 글씨로 강조돼 있었다. 배송은 막지 않고 수레만 막은 것은 택배 기사들에게 상자를 일일이 들어서 나르라는 주문이었다.

아무리 생각해도 이건 아니라고 본 주민이 많았다. 얼마 후 안내문 위에 포스트잇이 붙었다. "저는 괜찮던데요? 수레 소음 상관없습니다." 그 옆에 또 메모가 붙었다. "10층은 수레 오케이. 계속 사용해 주세요." "배송 기사님의 수고에 항상 감사드립니다. 604호 택배는 전화 주시거나 경비실에 맡기시면 찾으러 내려가겠습니다." 주민들은 안내문을 부끄러워했고, 그것을 보게 될 택배 기사들에게 미안해했다. 포스트잇은 그렇게 계속 추가됐다.

"1804호입니다. 배송하느라 고생 많으시네요. 저희도 괜찮습니다."

"초등 4학년이에요. 무거운 상자 들고 다니시면 힘들 것 같아요. 수레, 시끄럽지 않아요."

"택배 기사님도 누군가의 소중한 가족입니다. 내 가족을 생각하듯 조금씩 배려하면 어떨까요."

"함께 사는 공동주택이라고 배웠어요. 이제까지 수레 소리로 불편한 적 없었어요. 택배 아저씨 수레, 괜찮아요That's OK!"

수레 금지 안내문이 붙은 게시판은 결국 '수레 환영 포스트잇'으로 뒤덮였다.

2018년 초 경기도의 한 아파트에는 택배 트럭의 진입을 막는다는 공지문이 붙었다. 트럭은 아파트 입구에 주차하고 단지 안에선 손수레만 이용해 달라는 것이었다. 아이들의 안전을 위해 단지 내 차량 통행을 차단한다는 취지여서 동의한 주민이 많았다. 실행될 경우 택배 기사들은 아파트 정문에서 각 동까지 상자가 가득 실린 수레를 끌고 몇 번씩 오가며 배송해야 했다. 택배 기사들의 불편과 수고를 통해 안전해지는 아파트 단지. 이 구상이 편치 않았던 주민도 많았다. 다시 입주민 회의가 열렸다.

머리를 맞대니 답이 나왔다. 주민들은 먼저 십시일반 돈을 모았다. 그 돈에 맞춰 상자를 잔뜩 실을 수 있는 전동카트를 여럿 구입했다. 아파트 입구에 전동카트를 비치해 택배 기사들이 언제든 이용할 수 있게 했다. 트럭이 드나들지 않으니 단지의 아이들은 더 안전해졌고, 몸집이 작은 전동카트로 단지를 구석구석 다닐 수 있으니 택배 기사들도 수월해졌다.

사실 꼭 그렇게 하지 않아도 택배는 왔을 것이다. 배송이 생업인 이는 전동카트가 없어도 결국 상자를 들고 초인종을 눌러야 했을 테니까. 내 물건만 제대로 받으면 된다고 생각할 수 있었고, 아이들을 위한 결정이니 별수 있느냐고 눈감을 수도 있었다. 하지만 그러지 않은 건 그들에게 아파트가 '사는 곳'이었기 때문일 것이다.

경비원이 아프면
아파트가 아프다

윗집이 시끄러워도, 아랫집에 싸움이 나도, 옆집에서 며칠씩 인기척이 없어도, 아파트에서 이웃이 직접 문을 두드려 안부를 묻는 풍경은 낯설고 어색하다. 그럴 때 우리는 경비실로 인터폰을 한다. 이 집의 안부를 저 집에 전해주고, 아랫집이 궁금해할 때 윗집에 대신 찾아가는 사람. 이웃한 집과 집의 단절된 관계를 이어주는 소통 채널 역할을 경비원이 하고 있다. 그들이 없다면 아파트 공동체를 '이웃'이라 하기가 몹시 민망할지 모른다.

이웃을 이웃처럼 지내게 해주지만, 정작 그들은 이웃의 범주에서 벗어나 있는 경우가 많다. 소음을 해결해 주지 않았다고, 주차 문제로 기분 나쁘게 했다고 주민에게 폭행당한 경비원이 끝내 숨지는 일까지 벌어졌다. 이방인이라 하기엔 공동체를 위해 너무 큰 역할을 하는데, 그렇다고 이웃이라 하자니 그들을 향한 배타적 시선이 견고한 벽을 쌓는다. 이웃과 이방인의 경계선에 어정쩡하게 서 있는 존재. 그 선을 훌쩍 넘어 그들을 이웃의 영역으로 끌어들인 아파트 사람들이 있다.

2017년 11월 대구의 한 아파트를 15년 동안 지키던 경비원은 80세를 앞두고 사표를 냈다. 힘닿는 데까지 일하자고 다짐했는데 쉽지 않았다. 진단명은 폐렴. 노쇠한 몸으로 감당하기엔 큰 병이었다. 장기 입원을 해야 했고 그 자리를 채울 대체 인력은 시장에 널려 있었다.

15년간 앉아 있던 그의 자리를 새로운 경비원이 채우던 날, 갑자기 바뀐 얼굴을 본 주민들의 반응은 놀랍게도 자책이었다. 사표를 낸 경비원은 몇 달 전 이미 퇴임 의사를 알린 적이 있었다. 그때 아파트 사람들은 "이렇게 그만두시면 섭섭해서 어떻게 하느냐. 생계 문제도 있을 텐데 조금이라도 더 계시라"라고 만류해 눌러 앉힌 터였다. 주민들은 "우리가 괜히 간청해 병을 키운 것 아니냐"라며 발을 동동 굴렀다. 대책회의가 열렸다.

15년은 서로의 사정을 모르고 지나기엔 너무 긴 세월이었다. 그 경비원의 형편을 속속들이 알고 있던 주민들도 안타까워할 수만은 없었다. 입주민 대표를 중심으로 행동에 나섰고 치료비를 지원하기로 했다. 전체 230가구 중 200가구가 성금을 냈다. 경비원을 이웃이라 여긴 사람이 그렇게 많았다. 적게는 1,000원부터 많게는 10만 원까지 350만 원이 모였다. 그 돈을 마주한 경비원은 "이 귀한 걸 어떻게 받느냐"라고 했다. 함께한 세월 속에서 주민들은 이미 그의 딸이고 아들인 듯했다. 자식이 내미는 봉투 앞에서 부모가 하는 말이 경비원의 입에서 나왔다.

여든여덟 가구가 사는 서울 홍은동 산자락의 작은 아파트에도 병을 얻은 경비원이 있었다. 10년째 근무한 이가 2020년 9월 췌장암 3기 판정을 받았다. 하루도 일을 쉬어본 적 없을 만큼 성실한 10년을 보냈다.

사실 선택의 여지가 없었다. 병약한 몸으로 일을 이어갈 수도, 어떻게든 돌아올 테니 파견직 자리를 비워놔 달라고 부탁할 수도 없었다. 그가 물러나도 대신할 인력을 구하기는 어렵지 않다는 것을 잘 알았다. 자리는 곧 채워질 테고, 자연히 잊히는 건 당연한 수순인 듯 보였다.

그런데 주민들은 그를 쉽게 놓아주지 않았다. 그가 언제든 제자리에 돌아올 수 있게, 병마와 싸울 용기를 얻을 수 있게 힘을 보태기로 했다. 암을 이겨낼 때까지 그의 자리를 비워두고, 대신 주민들이 교대로 경비 근무를 하기로 했다.

오늘은 202호, 내일은 503호……. 주민들은 직접 시간표를 짰고 그가 하던 일을 빈틈없이 해냈다. 교대할 때마다 힘차게 주먹 인사를 나누는 것도 잊지 않았다. 주민 대표는 "10년 넘게 함께했는데 '당신 아프니까 그만두시오'라고 말할 수는 없는 것 아니냐"라고 했다.

그가 돌아오기를 그저 기다리고만 있을 수도 없었다. 하루빨리 쾌차할 수 있게 직접 도움을 주자면서 입주 16년차 주민이 나섰다. 수술비 모금이 시작됐다. "가만히 있을 수가 없잖아요. 도와야 할 거 아니에요." 건너고 건너서 소식을 듣고 돈을 보내온 이사 간 주민부터 어린아이 손을 붙잡고 와서 봉투를 건넨 새댁까지 많은 정성이 모여 당초 100만 원 정도 생각했던 모금액은 500만 원을 훌쩍 넘겼다.

이런 얘기를 듣고 방송사에서 찾아가 주민들에게 아파트를 자랑해 달라고 했다. "노인 혼자 계신 집은 젊은 친구들이 형광등을 갈아드려요." "아이를 출산했는데 아랫집에서 내복을 선물해 주시더라고요." 사람들은 신이 나서 이웃과의 사연을 쏟아냈다.

2018년 11월 어느 아파트에 경비원 15명 중 5명을 감축한 다는 공지문이 붙었다. 동대표들로 구성된 입주자 대표회의 결과였다. 최저임금이 대폭 인상되기 때문이었다. 이 정책은 누군가에게 분명 호재였겠지만 어찌 된 일인지 경비원에게는 악재였다. 인상된 인건비만큼 예산을 늘리려는 시도는 많지 않았다. 전국에서 경비원이 줄줄이 해고되는 사태가 벌어졌는데, 슬프게도 그들에게는 문제를 제기할 힘이 없었다.

공지문에는 경비원 5명을 대신할 CCTV와 무인택배함을 곳곳에 설치한다는 내용이 적혀 있었다. 그거면 되는 걸까. 당장 일할 곳이 없어진 이들의 생계는? 그들의 미래는? 결정 과정에서 배제된 소외감은? 이런 문제를 고민한 어느 주민이 계산기를 꺼냈다.

인상된 최저임금으로 환산해 인건비를 계산해 봤더니 아파트 세대마다 월 2,000~3,000원씩만 더 내면 경비인력을 지금처럼 유지할 수 있었다. 그는 비슷한 생각을 하던 주민들을 모아 동대표들을 찾아갔다. 찬반 투표를 통해 경비원 해고 여부를 다시 판단해 보자 제안했고 받아들여졌다.

"요즘 같은 불경기에 상생하는 방법을 고민해야 하는 것 아닐까요? 경비원도 한 가정의 가장입니다."

　그는 주민들에게 상황을 알리기 위해 안내문을 썼다. 투표 결과 78.8퍼센트가 해고에 반대했다. 15명 중 누가 해고될지 몰라 마음 졸였던 경비원들은 가슴을 쓸어내렸다. 그들의 첫 마디는 "더 열심히 하겠습니다"였다. 그동안 열심히 하지 않아서 벌어진 일이 아닌데도. 어쩌면 그들이 열심히 하는 것보다 CCTV가 더 효율적일 수 있다. 어쩌면 무인택배함이 더 편리할지도 모른다. 이 아파트에서 중요한 건 그런 게 아니었다. 한 주민은 이렇게 말했다. "2,000원 아껴도 부자 안 돼요."

불쑥 내민 작은 손

2020년 5월 26일 아파트 경비원들의 온라인 커뮤니티에 〈[보고] 어린아이의 경비초소 방문〉이라는 제목의 글이 올라왔다. 글쓴이 역시 경비원인데 이날도 이런저런 잡무를 처리하느라 눈코 뜰 새 없이 바빴다고 했다. 똑똑. 누군가 경비초소 문을 두드렸다. 초등학생 정도로 보이는 여자아이가 서 있었다.

"무슨 일이에요?"

"아저씨, 이거요!" 하며 불쑥 내민 고사리손에는 분홍색 작은 쇼핑백이 들려 있었다. 그 안에 음료수와 초코파이, 과자와 사탕이 가득했다. 경비원이 다시 물었다.

"이게 뭐예요?"

아이의 볼이 발개졌다. 잠시 머뭇거리며 멋쩍게 웃더니 그대로 달아나 버렸다. 경비원은 아이의 뒷모습을 한참 쳐다봤다고 한다. 쇼핑백에는 편지도 있었다.

"경비 아저씨께. 안녕하세요. 저는 ○○동 ○○호에서 사는 ○○○에요. 항상 저희를 도와주셔서 정말 감사해요. 저번에는 제 자전거 의자를 낮춰주시고 최근에는 잃어버린 가방 찾는 것을 도와주셨어요. 또 제 동생이 휴대전화를 잃어버렸는데 찾아주셨어요. 정말 감사드려요. 저희는 경비 아저씨가 없는 세상에서는 살 수가 없을 것 같아요. 감사해요. 사랑해요."

같은 달 서울 강남의 한 아파트 입주민 남성이 관리사무소에 들어섰다. 그가 내민 종이 가방에는 10만 원 상당의 선불카드 11장이 들어 있었고, 메모지에 "잘 전달해 주세요"라고 적혀 있었다. 관리소장이 무슨 돈인지 묻자 그가 답했다. "제가 받은 재난지원금으로 마련한 건데요, 경비원과 미화원분들에게 나눠주시면 좋겠어요." 이 아파트 경비원과 미화원은 딱 11명이었다. 경비원이 입주민에게 끔찍한 일을 당했다는 뉴스로 떠들썩했던 달에 왠지 모르게 미안한 마음을 아파트 사람들은 이렇게 표현하고 있었다.

디지털
시대의

사랑

12월 17일

〈12월 17일 자살하는 날〉

열 글자 안팎의 문장이 섬뜩했다. 2019년 12월 온라인 커뮤니티에 익명으로 올라온 글의 제목이었다. 본문에는 '꼭'이라는 한 글자만 적혀 있었다. 남자일까, 여자일까. 학업에 지친 학생인가, 취업 문턱에서 좌절한 청춘인가. 아픈 사랑을 끝낸 연인일지도, 삶의 무게에 짓눌린 가장일지도 몰랐다. 분명한 사실은 이것뿐이었다. 누군가 죽음을 원하고 있다. 그러나 말릴 수 없다. 그의 이름도, 얼굴도 모르니까. 심지어 이 글이 진실인지도.

순식간에 댓글이 200개 넘게 달렸다. 첫 댓글은 "왜"라는 질문이었다. 자살을 결심했다는 이는 이렇게 답했다. "내가 혐오스러워. 나를 죽일 거야." 그는 댓글에 답변을 달아서 자신이 죽으려 하는 이유를 자세히 털어놨다.

"무능한 내가 싫어. 뭘 해도 실패해 버리는 내가 혐오스러워. 남들도 나를 한심하게 보겠지. 잘하는 게 없는데 왜 살아야 해?" 절망에 휩싸인 글은 계속 이어졌다. "이렇게 자존감이 낮은 것도 싫어. 나는 힘들어할 자격도 없어. 나한테 들어가는 모든 것이 아까워."

통계청은 2018년에 1만 3,670명이 스스로 목숨을 끊었다고 집계했다. 하루에 37명꼴로 극단적 선택을 한다는 의미였다. 2019년이라고 다를 리 없었다. 매일 수십 명이 세상을 등지고 있을 터였다. 숫자로 치환된 목숨. 타인에게 그 숫자는 의미 없는 통계에 불과하다. 사정을 들여다보지 않는 이상 그들은 '1만 3,670'이라는 숫자의 일부일 뿐이니까.

옷깃 한번 스치지 않은 이에게 연민을 느끼는 일이 가능한 세상이던가. 온라인에 불쑥 올라온 '자살 예고'는 통계 속 숫자와 비슷할지 모른다. 힘들다고는 하는데 세세한 내막을 알수 없고, 글쓴이는 있는데 간단한 정보조차 없다. 누군지 알수 없으니 쉽사리 조롱이 섞일 법도 했다. 그게 흔히 말하는 '요즘 세상'과 어울리는 반응이었다.

그런데 뜻밖이었다. "12월 18일에 딸기 축제 갈래? 내가 사줄게." 별일 아니라는 듯이, 하려는 걸 그냥 좀 미루라는 듯이 누군가 댓글을 남겼다. "18일에 딸기 축제 가고 19일에는 나랑 바다 가자." 하루 더 미룰 이유가 생겼다. "나 21일에 생일인데 축하해 줘!" 이틀을 더 미뤄야 했고, "나 25일에 월급날인데 맛있는 거 사줄게." 나흘을 더 늦춰야 했다.

그 뒤에도 타인들은 이름 없는 그 사람의 계획을 자꾸 어그러뜨렸다. "나는 27일에 생일인데 아이스크림 케이크 나눠줄게." "헐, 나도 27일에 생일인데 끼워줘." "우리 봄에 맛있는 거 잔뜩 먹자. 조금만 더 살자." 위로의 글도 있었다. "실패하면서도 분명 얻는 게 있어. 그게 네가 나아가고 있다는 증거야. 누구나 성공하는 속도는 천지 차이래. 단지 조금 느린 사람이 있을 뿐이야."

이런 댓글 행렬이 마무리된 이후의 이야기는 아직까지 알려지지 않았다. 그 게시판에 글쓴이로 보이는 사람의 글은 다시 올라오지 않았고, 뒷이야기를 전하는 다른 이의 글도 찾을 수 없었다. 댓글 중간중간에 답변을 적었던 것으로 미뤄보아 글쓴이가 자신의 죽음을 만류하는 댓글들을 다 읽었겠거니 짐작할 뿐이다.

12월 17일의 그 사람이 평안했기를. 18일에는 딸기 축제에 가고, 19일에는 바다를 보고, 21일에는 함께 생일을 축하하고, 25일 성탄절에는 맛있는 밥을 얻어먹었기를. 그렇게 겨울을 지나고 봄을 넘겨 여름에도, 다시 겨울에도 느리지만 제 속도로 걸어가기를. 미래의 어느 해 12월 17일에는 〈살게 된 날〉이라는 제목의 글이 올라오기를.

그래도 크리스마스

2019년 12월 24일 크리스마스이브는 그에게 평소와 다름 없는 날이었다. 혼자였으니 이렇다 할 사건도, 함께 기념할 사람도 없었다. 고등학교 2학년인 그는 경기도 평택에 살고 있었다. 반지하 방에서 홀로 지냈다. 가족은 없다. 부모는 그가 고등학생이 되던 해에 집을 나갔다. 냉장고 문을 열었더니 약수터 물이 담긴 생수병과 상자에 든 감자가 보였다.

익숙하게 외투를 챙겨 입고 밖으로 나갔다. 마트에 들어가 늘 그렇듯 라면을 집었다. 집으로 돌아가는 길, 그의 손에는 크리스마스 케이크 대신 라면이 담긴 비닐봉지가 하나 들려 있었다.

방에 들어가려는데 집주인 아주머니의 목소리가 들렸다.

"내일 크리스마스인데 라면 먹어?"

라면 말고 선택지는 물과 감자밖에 없으니 고개를 끄덕였다. 아주머니가 말했다.

"내일 반찬 조금 해줄게."

그는 방으로 돌아와 물과 감자가 든 냉장고 내부를 휴대전화로 촬영했다. 인터넷에 그 사진을 올리며 조금 전 주인아주머니와 나눈 대화를 적었다. "김치도 사주시고 반찬도 가끔 주신다. 내가 라면 사오는 거 보시고 내일 크리스마스인데 라면 먹냐고, 반찬 해주신대. 너무 고맙다, 진짜." 글의 제목은 〈고등학교 2학년인데 주인아주머니 못 만났으면 죽었을 거야〉였다.

아주머니는 평소에도 크고 작은 도움을 줬다고 한다. 지금 사는 방도 아주머니의 배려로 아주 저렴하게 얻은 거였다. 틈나는 대로 김치와 반찬, 쌀을 갖다주고 밥솥이 하나 남는다며 챙겨주기도 했다. 주말에 아르바이트해서 월세를 마련하고 생활고에 시달리며 자퇴까지 고민하는 그에게 아주머니의 손길은 버팀목이 됐을 터였다.

이 사연에 많은 이들이 댓글을 달았다. 대부분 그를 돕고 싶다는 글이었다. 계좌번호를 알려달라는 이부터 배달 음식을 먹을 수 있게 기프티콘을 보내고 싶다는 사람, 과외를 해주고 싶다는 대학생까지 곳곳에서 도움의 제안이 쏟아졌다. 덥석 받을 법도 한데 그는 한사코 거절했다.

"도와주시려는 마음은 고맙지만 주인아주머니를 만난 것만으로도 제게 큰일인 것 같아서 마음만 받겠습니다. 응원 감사합니다."

다만 아주머니에게 선물하고 싶다며 기프티콘 두 장을 받았다. 그 기프티콘을 준 사람은 얼마 후 "학생 이메일로 기프티콘 보냈던 사람입니다. 집주인께 선물할 수 있어서 정말 감사했다는 답장을 받았습니다. 사연을 적었던 글은 도와주겠다는 분이 너무 많아서 삭제했다고 합니다. 자기보다 힘든 사람도 있을 거라고 하더군요. 정말 잘 커서 성공하면 좋겠습니다"라는 후일담을 올렸다.

그가 냉장고를 찍은 사진에는 방안 풍경도 담겨 있었다. 누렇게 바랜 벽지가 있었고 반지하라면 으레 생기는 곰팡이도 보였는데, 아주머니가 사준 분홍색 이불이 칙칙한 분위기를 조금은 덜어줬다. 홀로 남겨진 열여덟 살 자신의 처지를 비관해도 이상하지 않을 그 공간에서 거꾸로 주변에 감사하며 지내고 있었다. 라면으로 때운 크리스마스이브에도 "너무 고

맘다, 진짜"라고 썼다. 다들 그에게 뭐라도 주고 싶어 했던 건,
그런 그가 너무 고마워서였을 것이다.

계속 울린 전화

익명 뒤에 숨은 글은 때때로 지나치게 날카롭고 부정적이다. 온라인 공간에 모인 타인들은 외로워서, 절박해서, 또는 그냥 재밌어서 글을 쓴다. 그런 글은 거짓투성이기도, 어느 때보다 진실한 고백이기도 했다. 어차피 읽는 이는 쓴 이를 모를 테니 가능한 일이다. 그게 인터넷이 만들어 낸 세상이고, 그 세상이 현실보다 적나라한 까닭이었다. 그 속에서 희망을 보면 유독 반가웠던 건 그래서일까. 삶이 버거웠던 또 다른 누군가의 사연이 온라인 커뮤니티 '보배드림'을 떠들썩하게 한 적이 있었다. 2018년 11월 14일 새벽에 벌어진 일이었다.

자정을 조금 넘겨 올라온 그 글도 짤막했다. "너무 힘들다. 죄송하다"라는 내용에 사진 한 장이 첨부됐는데, 사진에는 극단적 선택의 도구와 유서로 보이는 것이 담겼다. 그날은 목요일, 밤을 새울 수 있는 여유로운 주말도 아니었다. 그런데 만난 적도 없는 이의 대뜸 죽겠다는 글 때문에 잠들지 못한 사람들이 무수히 많은 댓글을 남겼다.

누군가는 "부디 살아라" 하면서 감정에 호소했고, "얘기 다 들어줄게. 술 한잔하자"라며 달래는 사람도 있었다. 어떤 이는 "암 환자인 나도 산다"라는 말로 다독였다. 댓글로는 충분치 않다고 생각한 이들이 많았다. 사람들은 전화기를 꺼내 112를 눌렀다. 인터넷에서 봤는데 누군가가 죽으려 한다고, 이름도 얼굴도 모르지만 구해달라고, 죽게 내버려 두면 안 되지 않느냐고 경찰에 도움을 청했다.

새벽 1시쯤 그를 안다는 이가 나타났다. 그가 대구의 어느 원룸촌 주변에 있는 것 같다는 정보를 올렸다. 대구에 사는 여러 네티즌이 "지금 출발한다"라는 댓글을 남기고 현장으로 갔다. 약 40분 뒤 경찰이 휴대전화 위치추적을 통해 그를 찾아냈다는 소식이 전해졌다. 승용차에서 자살을 시도한 뒤였다.

의식이 없어서 구급차가 긴급 출동해 응급실로 이송했다. 치료가 시급한 상태였지만 서두른 덕에 생명을 건질 수 있었다. 그를 병원으로 옮긴 대구의 경찰관은 커뮤니티에 이런 메시지를 전했다.

"생명에는 지장이 없답니다. 이제 신고는 그만해 주시길 바랍니다. 여러분께 감사드립니다."

그때까지도 자살하려는 이를 구해달라는 112 신고 전화가 계속되고 있던 거였다.

삶이 괴로워 포기하려 했던 타인의 암시는 어쩌면 살려달라는 아우성일지도 몰랐다. 그 목소리를 온라인 공간의 사람들은 외면하지 않았다. 어떤 이는 "관심을 끌려는 글 아니냐"라고 말했지만, 훨씬 많은 이들이 "차라리 그런 글이었으면 좋겠다"라며 애를 태웠다. 사람들은 결국 살려내는 데서 멈추지 않았다. 구조에 나섰던 119 구조대와 경찰 지구대에 배달 앱으로 치킨을 보내기 시작했다. "새벽 시간에 소중한 생명 구하느라 고생하셨습니다. 항상 감사합니다"라는 메시지와 함께. 예상치 못한 격려를 받은 구급대원은 "크게 한 일도 없는데…… 치킨 감사히 먹겠다"라는 글을 커뮤니티에 올렸다.

한 네티즌이 112에 전화했을 때 경찰관이 이렇게 물었다고 한다. "(자살 시도자와) 어떤 관계입니까?" 대답은 이랬다. "인터넷에 자살하겠다는 글이 올라와서요." 그러니까 이런 뜻이었다. "생판 모르는 남인데요, 사람은 살려야 하니까요. 장난 글일 수도 있지만 진짜면 어떡해요."

드립을 부탁해

간절히 살고 싶었던 이도 있었다. 이제는 워낙 유명해져 '폐암 4기 웃대인'으로 통하는 누리꾼이다. 이야기는 2016년 6월 23일로 거슬러 올라간다. 그는 온라인 커뮤니티 '웃긴대학'에 폐암 4기 판정을 받았다고 털어놨다. 굴곡진 삶을 살다가 겨우 살 만해졌는데 다시 위기가 찾아왔다는 그의 글에는 허무함이 잔뜩 묻어 있었다.

"중학생이 될 때까지는 평범했어. 아버지는 중소기업 사장이었고. 그런데 중학교 1학년 때 아버지가 심근경색으로 쓰러졌어. 2년 후에 다시 사업을 시작했는데 그 와중에 할아버지가 치매에 걸려서 2년간 모셨지. 그러다가 나 대학 2학년 때 아버지가 뇌졸중으로 다시 쓰러졌어. 이듬해에 돌아가셨고.

물론 회사는 망했지. 빚쟁이들이 매일 찾아왔어. 어머니는 파산 신청을 했고. 나는 학비 문제도 있고 해서 장교로 군대에 갔어. 이제 어느 정도 살 만해져서 결혼도 했는데…… 내가 폐암 4기라네. 나 전생에 지구를 멸망시킨 소행성쯤 되는 놈인가? 무슨 인생이 드라마보다 더 드라마 같냐."

대체 무슨 잘못을 했기에 이렇게 된 건지 모르겠다는 그에게 사람들은 위로의 댓글을 달았다. 폐암 4기면 아직 희망이 있으니 힘내라, 기도하겠다는 내용이었다. 그러나 그는 "기도 말고 드립(농담) 좀 해달라"라며 평범한 위로를 거부했다. 비극을 유머로 이겨내겠다는 그만의 노력이었을 테다.

웃대인(웃긴대학 회원)들은 그의 요청에 기꺼이 응했다. 재치 있는 댓글이 이어졌다.

"폐암 4기면 곧 끝나겠네요. 5기는 언제 시작하나요?"

"무슨 소리야. 폐암 9기 시작할 때 되니까 작성자 90살이던데. 내가 60년 후에 가서 보고 옴."

그 역시 질 수 없다는 듯 농담을 던지기 시작했다.

"자, 이제 드립 해달라는 글을 지우면 이 사람들은 모두 '쓰레기'가 되는 건가?"

그는 2018년 3월까지도 웃긴대학을 찾아 병의 진행 과정이나 일상생활을 공유했다. 웃대인들은 사이트의 쪽지 기능을 통해 그와 대화를 주고받았다고 한다. 아마 그가 원했던 대로 무겁지 않게, 그렇지만 진심을 담아 격려와 응원을 전하지 않았을까. 그를 웃게 하는 만큼 암세포가 사라지기라도 할 것처럼. 현실 세계에도 이야기를 풀어가는 작가가 있다면 그의 결말은 달라졌을지 모른다. 이 정도 사연이면 작가 취향이 어지간히 고약하지 않고서야 해피엔딩으로 끝맺어 줬을 테니까. 그러나 드라마 같았던 그의 삶은 허구가 아니었고, 2018년 3월 26일 그는 세상을 떠났다.

그는 군 복무 시절 보호 장비를 지급받지 못한 채 기준치의 5배가 넘는 석면에 노출된 상태로 임무를 수행했다고 한다. 이후 폐암 진단을 받자 작업 환경과 병의 인과관계를 규명하기 위해 국방부를 대상으로 외로운 싸움을 벌였다. 이 과정에서 웃대인들은 제 일인 듯 나섰다. 청와대 국민청원까지 등록했다. 그리고 그가 사망한 지 10개월이 지난 2019년 1월 8일에야 국가유공자로 인정받았다. 이후에 그의 아내는 "응원해 준 많은 분께 감사하다. 특히 제 일처럼 도와주고 슬퍼해 준 한 분 한 분께 감사한 마음이 크다"라는 글을 올렸다.

폐암 4기 판정 사실을 처음으로 웃대인들에게 털어놓은

날, 그에게 필요했던 것은 위안이 될 한마디였을 텐데. 그 글
이 이렇게 큰 반향을 일으킬 줄 그는 알았을까? 그의 사망 소
식을 전하는 글에 추모 댓글이 500개나 달릴 줄은 몰랐겠지.
그의 아내가 올린 감사 인사에 1주기가 한참 지난 2019년 7월
까지도 누군가 새로운 댓글을 남길 줄은 상상도 못 했을 거다.
그 내용이 "아직 잊지 않았어요"일 거라는 사실도.

제복을 입은 챔피언

13년 전, 그 불은 경기도 시흥시의 한 가구 공장을 덮쳤다. 2007년 3월 27일 오전 8시쯤 공장 건물 세 채가 불길에 휩싸였다. 출근길에 이곳을 지나던 송재현 씨는 차에 늘 싣고 다니던 카메라를 꺼내 현장으로 갔다. 이미 건물 두 채를 휘감은 불이 세 번째 건물로 번지고 있었다. 너울대는 불길을 찍으려 했는데 자기도 모르게 렌즈를 소방관들에게 맞췄다고 했다.

"제가 도착했을 땐 소방관 몇 명이 불길이 번지는 곳으로 뛰어든 뒤였어요. 그런데 불에 너무 가까이 가는 거예요. 멀찍이 있던 저도 뜨거운 열기가 느껴지는데 불타는 건물 안으로 거침없이 문을 열고 들어가더라고요. 그분들 정말 대단해요."

불은 오후 3시가 돼서야 완전히 꺼졌다. 출동했던 소방관

192

35명은 점심도 거른 채 사투를 벌였다. 송 씨는 그들을 촬영한 사진 8장을 인터넷에 올리며 〈챔피언〉이라는 제목을 붙였다. 수많은 댓글이 달렸다. "이 시대의 진정한 챔피언"이며 "진정한 영웅"이라는 격려가 이어졌다.

다음 날 시흥소방서가 홈페이지에 올린 글은 그 댓글에 대한 답장 같은 것이었다.

"인터넷에 게재된 사진은 화재 진압 현장을 지나던 아마추어 사진작가께서 우연히 찍어 올린 것입니다. 많은 분이 댓글을 올려주셔서 우리 소방공무원에게 큰 힘이 되고 있습니다. 댓글 내용이 너무나 애틋해서 코끝이 찡하고 가슴이 뭉클해집니다."

찬사와 응원이 낯설었던지 조금 어리둥절한 듯했고, 그래서 감격한 모습이 더 생생하게 그려지는 글이었다.

우리는 제복을 입은 이들에게 걸맞은 경의를 표하는 데 익숙하지 않다. 빗속의 경찰관처럼, 불길로 뛰어든 소방관처럼 헌신해 온 이들이 있어서 사람들은 이제 제복의 아름다움을 안다.

2018년 8월 7일 어느 소방서에서 SNS에 사진 한 장을 올렸다. 늘 부름을 받는 이들이 누군가를 부르는 건 음식을 배달시킬 때뿐인데, 사진은 배달된 음식의 포장 용기를 찍은 거였다. 밥과 국을 덮었을 뚜껑 2개에 매직펜으로 "119는 사랑입니다" "화이팅하세요"라고 적혀 있었다. 그러자 다른 소방서에서도 사진을 올렸다. 야식으로 주문한 치킨 포장지에는 "늘 고생 많으십니다. 덕분에 저희가 안전하게 살아갑니다. 맛있게 드세요"라는 메모가 붙어 있었다.

충북 청주의 택시기사는 2019년 4월 밤중에 젊은 남성을 태웠다. 속초로 가자고 해서 시외로 빠져나가는 동안 남성은 뒷좌석에서 전화를 몇 통 했다. 부모와 또 여자친구와 통화하는 걸 들으니 그는 소방관 같았다. 강원도에 큰 산불이 났을 때였다. 본부에서 긴급한 문자를 받았고 휴무지만 서둘러 합류해야 할 것 같아 인사도 못하고 간다고 했다.

당시 산불 현장에는 전국의 소방 인력이 집결했다. 어둠을 뚫고 강원도로 줄지어 달려가는 소방차 행렬이 각지에서 목격됐는데, 이렇게 택시를 잡아타고 달려간 이도 있었다. 속초에 도착했을 때 택시기사는 "내가 해줄 수 있는 게 고작 이것뿐"이라며 요금을 받지 않았다. 그럴 수 없다는 소방관에게 "다치지나 말라"라고 말하며 떠밀 듯 내려주고는 빈 차로 청주까지 돌아갔다.

강원도 원주소방서 출입문 앞에는 해마다 누군가 찾아와 종이상자를 놓고 간다. 어떤 해는 2월, 어떤 해는 3월에 발견되며 그 안에는 259만 원이 들어 있기도 했고 340만 원일 때도 있었는데, 2018년은 459만 8,150원이었다. 꼬깃꼬깃한 1,000원, 5,000원 지폐와 동전이 가득 든 상자의 겉면은 소방관을 응원하는 문구로 빼곡하게 채워져 있었다. 늘 감사합니다, 항상 힘내세요, 감기 조심하세요, 사랑합니다……

익명의 기부자는 60대 여성이었다. 상자를 들고 왔다가 소방관과 마주쳤을 때도 신원을 밝히지 않아 한참을 수소문해서야 원주의 풀빵 노점상임을 알았다. 기부금은 장사하며 1년간 조금씩 모은 돈이었고, 응원 문구 글씨체가 제각각이었던 것은 풀빵 손님들에게 한마디씩 적어달라 부탁했기 때문인데, 그런 손님들도 얼마씩 돈을 넣어 상자가 채워진 것이었다.

음식을 시켰는데 고마움이 배달되고, 택시를 탔는데 요금을 받지 않고, 뜻밖의 기부에 감사패라도 전하려니 찾아오지도 못하게 하면서 "내년에 다시 갈게요" 한다. 제복을 바라보는 세상의 시선은 그렇게 달라지고 있다.

나중에 뭐가 될래?

아버지가 위독하다는 소식을 듣고 급히 대구로 내려가는 길이었다. 하필 남편은 출장 중이라 곁에 없었다. 엄마는 어쩔 수 없이 세 살배기 첫째를 데리고, 배 속에 둘째를 품은 몸으로 기차에 올랐다. 좌석이 없어 간신히 입석표를 끊고 서서 가야 했다.

어린 딸이 칭얼대기 시작했다. 지친 엄마는 바닥에라도 앉히자는 생각에 객차 안을 둘러봤다. 그때 바닥에 앉아 있던 한 군인이 딸을 향해 손을 내밀며 말했다. "엄마 배 속에 예쁜 동생이 있으니까 더 예쁜 공주는 삼촌 무릎에 앉아갈래?" 딸은 엄마의 허락을 받고 군인의 무릎에 앉았다.

군인은 가는 내내 아이를 세심히 보살폈다. 엄마는 아이가 언제 보챌지 몰라 걱정했지만, 아이는 군인과의 여행이 즐거운 듯했다. 자신이 받고 싶은 어린이날 선물을 엄마에게 귀띔해 주고, 샘솟는 호기심에 쏟아내는 이런저런 질문에도 정성스레 답해주는 '군인 삼촌'이 퍽 좋은 모양이었다. 엄마는 덕분에 무거운 몸을 추스르며 시간을 보낼 수 있었다.

얼마 후 검표원이 다가왔다. 군인의 표를 확인하던 그가 물었다. "어, 좌석표인데 왜 바닥에 앉아 있어요?" 군인은 "그 자리에 어르신이 앉아 계셔서 그렇다"라며 자신은 괜찮다고 쿨하게 답했다. 대구역에 도착했을 때 엄마는 군인에게 뭐라도 사례하고 싶어서 전화번호를 물었지만, 그가 한사코 사양해 그대로 헤어져야 했다.

그로부터 4년 반이 흐른 2019년 10월 17일. 엄마는 어린이집에서 돌아온 딸에게 "너 나중에 뭐가 될래?" 하며 장난삼아 장래희망 얘기를 꺼냈다가 "군인이 되고 싶다"라는 대답을 들었다. 고마웠던 군인 청년이 문득 떠올랐다. 명찰에 적혀 있던 이름과 부대 마크를 기억하고 있었던 엄마는 페이스북 '군대 대나무숲' 페이지에 그날의 사연이 담긴 글을 올렸다. 지금이라도 작은 보답을 하고 싶다, 그 군인을 찾고 싶다고 적었다.

찾을 수 있을까 싶었는데 설마 했던 일이 벌어졌다. 지인을 통해 글을 접한 군인이 직접 댓글을 남긴 것이다. 군인은 딸의 이름까지 기억하고 있었다. 틀림없이 그날 기차에서 엄마를 도와준 이였다. 엄마는 "덕분에 아버지의 임종을 지킬 수 있었다. 식사라도 한 끼 대접하고 싶다"라고 했는데, 이번에도 군인은 "마음만 받겠다"라며 사양했다.

"그 상황이었다면 누구나 그렇게 했을 겁니다. 특히 군인이라면 더욱 그랬을 거예요. 긴 시간이 흘렀는데도 잊지 않고 저를 찾아주셔서 감사합니다."

오래전의 누군가를 찾게 되는 상황은 이렇게 우연을 가장해 찾아오곤 하지만, 그것이 우연일 리는 없다. 군인은 낯선 이의 어려움을 모른 척하지 않았고, 그와 보낸 시간은 아이에게 꿈을 선사해서 엄마가 그날을 다시 떠올리게 했는데, 엄마는 낯선 이의 배려를 잊지 않고 있었다. 시간이 흘러도 지워지지 않는 기억은 마치 보이지 않는 손이 조종하듯 우리를 한 번쯤 다시 그날로 데리고 간다.

노랑머리를 찾습니다

2018년 8월 페이스북의 '백석대학교 대신 전해드립니다'라는 페이지에 사연을 보낸 사람은 충남 천안에 사는 어느 엄마였다. "7월 23일 밤 11시쯤 제 딸과 함께 있었던 분을 찾는다"라고 했다. 사춘기 딸과 엄마의 갈등이 한껏 고조된 날이었다. 엄마는 딸을 심하게 야단쳤고, 마음이 상한 딸은 자정이 다 돼가는 시간에 집을 뛰쳐나갔다. 신발도 신지 않은 채.

엄마는 노심초사했다. 아마 살면서 가장 더디게 흘렀을 시간이 어느 정도 지난 뒤 딸은 다행히 집에 돌아왔다. 그렇다고 딸과의 냉전이 금세 풀리는 건 아니어서 엄마는 열흘 남짓 지나서야 그날 무슨 일이 있었는지 들을 수 있었다.

딸은 집을 나가 돌아다니다 누군가를 만났는데, 그 사람이 운동화와 밥을 사주고 집 앞까지 데려다줬다는 이야기를 털어놨다. 물어보지 않아서 이름은 모르겠지만 백석대 학생인 것 같았고 머리를 노랗게 염색했더라고 말했다.

엄마는 딸의 이야기를 들은 날 바로 백석대 페이스북 페이지에 접속했다. 사연을 적으면서 딸을 도와준 사람을 찾아 꼭 답례하고 싶다고 했다. 엄마의 글은 그 페이지를 넘어 여러 온라인 커뮤니티에 퍼졌다. 그리고 며칠 뒤, 딸에게 도움을 줬다는 학생이 댓글에 나타났다. 그는 당시 상황을 이렇게 기억하고 있었다.

"그날 집에 가는 길이었는데, ○○가 맨발로 돌아다니고 있더라고요. 그 모습을 보고 무슨 일인지 물어보니 집을 나왔다고 해서 저도 한때 그랬던 적이 있었고 요즘 같은 세상에 얼른 집에 들어가면 좋겠다고 생각했어요. 그래서 신발가게에 가서 신발 하나 사주면서 집에 꼭 들어가기로 약속했었습니다. 팔뚝에 상처가 있길래 편의점에서 밴드 하나 사서 붙여주고, 마침 저도 배가 고파서 같이 햄버거 사 먹고, 집 근처까지만 배웅해 줬는데 다른 데로 안 새고 집에 잘 들어갔나 보네요. 제가 더 고맙네요."

'대신 전해드립니다' 페이지는 대전의 배재대학교에도 있다. 2020년 6월 그곳에 배재대 학생을 찾는 글이 올라왔다. 인상착의는 이번에도 '노랑머리'였다. 사연을 적은 사람은 말 못할 사연이 많은지, 자신의 이름과 나이, 어떤 정보도 남기지 않았다. 그냥 A씨라고 부를 수밖에 없는 완벽한 익명의 글이었지만, 반드시 노랑머리를 찾겠다는 간절함이 읽혔다. "25일 오전 1시 30분쯤 배재대 정문 근처에서 폐지 줍던 할아버지를 도와준 청년을 찾습니다." A씨는 그 할아버지의 아들이었다.

그날 폐지가 잔뜩 실린 리어카를 끌고 오르막길을 힘겹게 걷던 할아버지에게 한 청년이 다가왔다. 도와드리겠다, 괜찮다, 힘들어서 혼자 못 가신다, 하는 실랑이 끝에 결국 리어카를 대신 끌게 된 청년은 그 늦은 시간에 할아버지 집까지 동행했다. 함께 걷는 동안 그 연세에 이렇게 늦게까지 일하는 이유를 청년이 물었다. 할아버지는 집에 있는 아이들 분윳값이라도 벌려고 새벽마다 나온다고 답했다. 집 앞에 도착했을 때, 청년은 주머니에서 무언가를 꺼내 덥석 건네더니 "아이들 맛있는 거 사주세요" 하고는 도망치듯 사라졌다. 꼬깃꼬깃 접힌 5만 원짜리 두 장이 할아버지 손에 있었다.

이런 이야기를 적으면서 A씨는 "집에 부모 없는 아이들이 있어 아버지가 조금이라도 더 버시려고 폐지를 주우러 다니신다"라고 했다.

"아버지가 기억하는 인상착의는 노랑머리라는 것밖에 없습니다. 선뜻 꺼내주신 10만 원 너무 고맙습니다. 학생 신분으로 용돈 받아가며 힘들게 지낼 텐데, 이렇게 도와주니 그저 미안할 따름입니다. 이 글을 보고 있다면 꼭 연락해 줬으면 합니다. 부탁합니다."

글에서 A씨의 간곡한 마음을 많은 사람이 읽었다. SNS 연결망을 타고 노랑머리 청년이 있을 법한 커뮤니티마다 빠르게 퍼져 나갔다. 그를 찾는 사연이 그의 귀에 들어가기까지 하루면 충분했다. A씨는 다음 날 "이 페이지의 도움으로 학생을 만날 수 있었다"라고 다시 글을 올렸다. 노랑머리는 배재대 바이오의약학부 학생이었다. 용돈 받아 생활할 거라는 추측은 보기 좋게 틀렸다. 학생은 밤마다 택배 상하차 아르바이트를 하고 있었다. 새벽 배송을 나가는 트럭에 상자를 싣고 내리는 일이어서 그 시간에 폐지 줍던 할아버지와 마주친 거였고, 할아버지에게 건넨 10만 원도 고단한 아르바이트로 번 일당이었다.

두 사람은 대화를 주고받다 맥줏집에 들어가 마주앉았다.

"10만 원은 상하차 알바 한 번이면 되는 돈이니 편하게 생각하세요."

"그 일이 얼마나 힘든지 나도 아는데 어떻게 편히 생각하겠어요."

자연스레 이제껏 살아온 이야기가 흘러나왔다. A씨는 넉넉지 못한 가정에서 태어나 중학교를 끝으로 배움을 멈춰야 했던 지난날을 털어놓았고, 그것을 묵묵히 듣고 있던 학생은 택시비와 3만 원을 꺼내놓으며 말했다.

"제가 잘못 생각했네요, 아저씨. 아이들과 맛있는 걸 먹을 게 아니라, 이 돈 보태서 대전 근처에 있는 동물원에라도 다녀오세요. 가서 좋은 사진 많이 찍어오세요."

A씨는 너무 가슴 아팠던 어린 시절이 생각나서 그만 눈물이 났다. 변변한 추억도 없이 지나간 속절없는 세월이 오랫동안 그의 마음을 짓눌렀을 것이다.

밤이 깊어질 때까지 마주앉아 이야기를 나누는 동안, 그러니까 A씨가 지나온 삶을 풀어놓는 중간중간에 학생은 이런 말을 여러 번 했다.

"사실 저 그렇게 좋은 사람 아니에요."

A씨는 그럴 때마다 묵묵히 듣기만 했다. 그러는 것이 학생을 위하는 일이라고 생각해 자세한 내막을 묻지 않았다. 드러

내기 힘든 사연을 가진 이가 흔치 않은 도움을 받아서 도와준 이를 찾았더니 그 사람도 선뜻 말하지 못하는 사연을 갖고 있었다. 흔치 않았던 도움은 말하지 못하는 그 사연에서 비롯된 것일 수도 있었다. 누군가를 찾는 사연이 자주 등장하는 것은 다들 이렇게 하나씩 사연을 품고 살아가기 때문이지 않을까.

택시기사의 봉투

 2018년 8월 2일은 몹시 더웠다. 현정(가명) 씨는 무거운 몸을 이끌고 집을 나섰다. 헐렁한 옷을 입었지만 이미 불러온 배는 한눈에 표시가 났다. 당연히 오래 걷기도, 오래 서 있기도 불편했다. 오랜만에 친구 집에 가기로 했는데 사정이 이런 터라 택시를 잡아 세웠다.

 뒷좌석에 타자마자 불안한 기운을 느낀 것은 택시기사의 행동이 조금 산만해 보여서였다. 기사는 갑자기 우측 조수석으로 팔을 뻗더니 수납공간을 열어젖혔다. 얇은 점퍼 하나를 꺼냈는데, 거기서 그치지 않고 점퍼 주머니를 뒤적였다. '운전에나 집중하시지······.' 현정 씨의 불만이 터져 나오려 할 때쯤 기사가 말을 걸어왔다.

"임신부시죠?"

"네."

현정 씨는 짧게 대답했다. 기사는 다시 웃으면서 말했다.

"요즘은 다들 애를 안 낳으려고 하던데 대단합니다."

그러고는 점퍼 주머니에서 뭔가를 꺼내 내밀었다. 현정 씨가 엉겁결에 받아든 것은 정체 모를 하얀 봉투였다. 뒤집어보니 앞면에는 '순산을 기원합니다'라는 짧은 문구가 적혀 있었다. 갑작스러운 상황에 멍하니 봉투를 내려다보고 있는데, 택시기사는 멋쩍게 말을 보탰다.

"내 차는 임신부가 타시면 요금도 안 받아요. 큰돈은 아니지만 엄마 될 분들 먹고 싶은 거 사드시라고 봉투를 챙겨 다니는데, 그냥 받아주세요."

다시 보니 기사의 점퍼 주머니에는 그런 하얀 봉투가 몇 개 더 들어 있었다. 그는 우연히 임신부를 태울 때마다 간식비 정도가 들어 있는 그 봉투를 건네며 격려하고 있다고 했다. 현정 씨가 택시에 탔을 때 왠지 어수선했던 기사의 행동은 임신부임을 눈치챘기 때문이었다.

"말씀만으로도 감사합니다. 이건 괜찮아요."

현정 씨는 봉투를 돌려주려고 다시 내밀었다.

하지만 기사는 "제발 받아달라"면서 어려운 부탁을 할 때나 어울릴 법한 표정을 지은 채 거듭 손사래를 쳤다.

하얀 봉투를 사이에 두고 벌어진 기사와 승객의 실랑이는 택시가 목적지에 설 때까지 이어졌는데, 봉투는 결국 현정 씨 손에 남게 됐다.

"택시 요금도 안 받습니다. 그냥 내리세요."

기사가 단호하게 선언했지만, 현정 씨는 이번에야말로 질 수 없다는 듯 빠르게 지갑을 꺼내 요금을 내고 이렇게 말했다.

"오늘 기사님 만나서 기분이 너무 좋네요. 감동 많이 받았어요. 항상 건강하고 좋은 일만 있으시길 바랄게요. 안전운전하세요!"

현정 씨는 그날 집에서도 택시에서 있었던 일이 떠올랐다. 임신부로 지내는 것이 힘겨워진 참이었는데 뜻밖의 큰 선물을 받았다고, 아이가 태어나 말을 알아듣게 되면 "네가 엄마 배 속에 있을 때 택시를 탔는데⋯⋯" 하면서 이 이야기를 해주고 싶다고 생각했다.

완벽한 거래

휴대전화에 쪽지가 도착했다는 알림이 떴다. 누군가 '당근마켓'을 통해 보낸 거였다. 서른네 살 민관식 씨는 며칠 전 집에 있던 혈압측정기를 그 온라인 거래 사이트에 내놨다. 제법 값나가는 걸 샀는데 쓸 일이 별로 없었고, 새것이나 다름없어서 도저히 버릴 용기는 나지 않았다. 딜레마를 해결해 줄 구매자가 나타나기를 기다리던 참이었다. 관식 씨가 제시한 가격은 3만 5,000원. 이 정도면 매우 합리적이라고 자부하고 있었다. 반가운 마음으로 쪽지를 열었다.

"혈압측정기 3만 원에 살 수 있을까요?"

쪽지를 보낸 이는 대뜸 5,000원을 깎고 시작하는 과감한 사람이었다. 그런데 다음 문장이 좀 이상했다.

"깍을려고 하는게 아니라 돈이 모자라고 필요해서 그레요. 죄송해요."

맞춤법과 띄어쓰기가 일부 틀린 걸 보니 모바일 문자에 익숙하지 않은 듯했다. 말투와 표현도 요즘 문자 대화에서 흔히 쓰는 것과 차이가 있었다. 더구나 혈압측정기가 그렇게 필요하다면, 어르신일지 모르겠다고 생각하고 있을 때 다시 문자 메시지가 왔다.

"제가 당근 채팅에 올렸어요. 시간 나실 때 봐주세요. 일하시는 데 방해될까 조심스러워서요."

얼른 답장을 보내야 할 것 같았다. 그러지 않으면 다시 "바쁠 텐데 미안하다"라는 문자가 날아올 것만 같은 공손함이 메시지에 배어 있었다. 관식 씨는 서둘러 휴대전화 자판에 글자를 입력했다.

"앗, 안녕하세요~. 꼭 필요하시다니 저도 3만 원에 드리고 싶어요."

이렇게 써서 전송 버튼을 눌렀다가 황급히 한 문장을 추가로 보냈다. "필요해서"라는 말에 자꾸 신경이 쓰였다.

"아니, 2만 5,000원에 드릴게요."

거래는 서울 지하철 마포역 3번 출구에서 이뤄졌다. 그곳에서 만나기까지 판매자와 구매자는 상대방에게 편한 시간과

장소를 배려하느라 많은 문자를 주고받아야 했다.

"집사람 몸이 안 좋아 지금 전철 타고 갑니다(구매자)."

"밖으로 나오지 마시고 3번 출구 쪽 개찰구에 계세요. 제가 내려가겠습니다(판매자)."

"시간은 충분하니 천천히 일 보고 오세요. 저희가 기다릴게요(구매자)."

관식 씨가 예상한 대로였다. 개찰구 쪽에서 노부부가 기다리고 있었다. 일흔을 훌쩍 넘기신 듯했다. 같이 온 할머니는 외출이 힘겨웠던지 의자에 앉아 숨을 돌리는 중이었다. 관식 씨는 할아버지에게 혈압측정기를 건네면서 사용법을 설명했다. 아마도 할머니를 위해 사려는 것일 측정기를 꺼내 들고 직접 시연까지 해가며 꽤 긴 시간을 들였다.

2만 5,000원을 받아 돌아서는 순간, 관식 씨는 뭔가 익숙하지 않은 기분에 휩싸였다. 거래가 원만히 성사됐으니 후련해야 했다. 쓰지 않지만 버리긴 아까운 딜레마를 해결했고, 구매자에게 만 원이나 깎아주는 호의까지 베풀었으니 뿌듯해야 했는데, 당장 해야 할 일을 미뤄둔 채 딴짓을 하고 있을 때 느끼는 불편한 감정이 불쑥 고개를 들었다. 지하철역 계단을 오르다 말고 그는 문자를 나눈 할아버지의 번호로 무작정 전화를 걸었다.

"여보세요."

"아직 지하철 안 타셨죠? 잠시만 거기 계세요!"

다시 만난 자리에서 관식 씨는 혈압측정기 값으로 받았던 2만 5,000원을 할아버지에게 내밀었다. 한사코 받지 않으려는 할아버지에게 떠넘기듯 억지로 돈을 건네며 빠르게 말을 쏟아냈다.

"돌아가신 우리 할아버지, 할머니 생각이 나서 그래요. 저 공무원이니 걱정 마세요. 도와드리고 싶어요. 이거 쓰시고 꼭 건강해지세요."

3만 5,000원이던 혈압측정기 가격은 3만 원으로 깎였다가 2만 5,000원으로 내려가더니 결국 0원이 됐다. 집으로 돌아간 할아버지도 기대하지 않았던 감정을 느낀 듯했다. 다시 당근마켓에 접속해 판매자를 평가하는 후기 게시판을 열었다. '친절하고 매너가 좋아요' '약속 시간을 잘 지켜요' '상품 상태가 설명한 것과 같아요' 등 여섯 가지 평가 항목에 모두 동그라미를 쳤고, 그걸로는 부족하다고 생각했는지 직접 평가 문구를 적었다.

"3만 원밖에 없어서 달라고 했어요. 2만 5,000원에 주시겠다고 해서 만나기로 했는데, 돈을 되돌려 주시고 무료로 주셨어요. 세제품을."

이번에도 맞춤법이 조금 틀렸지만 할아버지가 어떤 마음에서 쓴 글인지 쉽게 알 수 있었다.

비누 꽃과 편지가 닿는 곳

"사장님. 배달앱 리뷰 좀 확인해 보셔야 할 것 같아요."

개업 1년 차 초밥집 사장이던 진한준 씨는 2018년 1월 5일 퇴근한 직원의 전화를 받았다. 석 달 전 뒤늦게 배달을 시작한 터라 앱에 리뷰가 얼마 없을 때였다. 진 씨는 바삐 움직이던 손을 멈추고 휴대전화를 켰다. 한참 동안 화면을 들여다보다가 직원들에게 양해를 구하고 가게 밖으로 나갔다. 왠지 마음이 먹먹해서 일을 계속할 수 없었다. 꽤 오랫동안 밖에 서 있었다고 한다.

그가 본 리뷰에는 이렇게 적혀 있었다.

"사실 어제 그만 살려고 했는데, 오래 생각해 온 것을 실행하려고 했는데, 마지막으로 초밥이 먹고 싶어서 주문했어요.

(초밥 상자) 안에 들어 있던 비누 꽃 감사해요. 받고 펑펑 울었습니다. 꾸역꾸역 먹으면서 스스로에 대한 죄책감으로 삼켰습니다. 처음으로 리뷰 남겨요. 그리고 열심히 살아볼게요. 감사합니다……. 자주는 먹지 못해도 간간이 다시 주문할게요. 비누 꽃 장미 한 송이와 메모가 제 목숨을 구해줬네요. 살려주셔서 감사합니다."

손님이 말한 비누 꽃과 메모는 진 씨가 배달 개시 이벤트로 준비한 거였다. 맛과 서비스에 더해 손님들에게 좋은 인상을 남길 방법을 찾다가 꽃과 편지를 생각했다. 비누 꽃은 500개를 주문했다. 이벤트여서 한시적으로 진행할 계획이었지만 배달 주문이 많지 않아 석 달이 지난 시점에도 꽃과 메모지를 함께 포장하고 있던 상황이었다. 메모지에는 나누고 싶은 소소한 이야기를 적었다.

"주문하신 음식 드시면서 기분 좋은 식사시간이 되길 바랍니다."

"살아가면서 하는 말에는 감사와 사랑이 들어 있어야 한다더군요. 저희도 감사와 사랑을 함께 배달하겠습니다."

그 손님에게 배달된 메모에는 다음과 같이 적혀 있었다.

"독수리도 강풍에 나는 법을 익히기 위해 연습하고 노력한다네요. 세상에 공짜는 없나 봐요. 그걸 알기에 저희도 항상 노력하겠습니다."

진 씨는 생각지도 못했던 리뷰에 당황스러웠다. 놀란 마음이 가라앉자 얼마나 아팠으면 이곳에 적었을까 싶었다. 누군지 모르지만 한마디 한마디가 가슴에 박혔고 답장을 고심하게 했다. 어떤 말을 적어야 할까, 어떤 메시지를 전해야 할까 고민하던 그는 이틀 뒤에야 답변을 적었다.

"어떤 분인지, 어떤 사연이 있는지 아무것도 알지 못하지만 글로 전해지는 삶의 무게에 눈시울이 붉어졌습니다. 일면식도 없는 누군가가 열심히 살아갈 손님을 응원하고 있음을 기억해 주세요. 손님의 건강과 행복을 저와 저희 직원들이 기원하겠습니다."

누군가가 당신을 지켜보고 있다, 당신은 혼자가 아니다, 하는 메시지를 그에게 전하고 싶었다. 막연하게 힘내라는 말은 별로 도움이 되지 않을 것 같았다. 손님들의 리뷰가 올라올 때마다, 그 손님이 생각날 때마다 답글로 안부 인사를 남기기로 했다. 어떤 이야기를 써야 할까 고민하다가 자신의 일상이 담긴 글을 남기기 시작했다.

리뷰가 올라온 2018년 1월 하순의 어느 날에는 추운 날이 계속돼 매출이 떨어지고 있지만 곧 나아질 듯하다는 소식을, 두 달 뒤 3월에는 1년 전에 만난 길냥이에게 지금까지 먹이를 주고 있는데 가까이 오기만 할 뿐 그 이상 다가오진 않는다는 이야기를 적었다. 그 손님의 아픔이 어떤 것인지 모르니, 해줘야 할 말을 콕 집어낼 수 없는 상황이니, 다양한 소식을 전하다 보면 언젠가는 그에게 가닿는 메시지가 있지 않을까 싶어 그렇게 했다.

너무 자주 쓰면 부담이 될까 봐 진 씨는 나름의 간격을 두고 답글을 적었다. 몇 달이 지났을 때 퇴사한 직원이 전화를 걸어와 "사장님 이야기가 인터넷에 돌고 있다"라고 알려줬다. 그 손님의 리뷰와 자신의 답글이 온라인 커뮤니티에 올라가 있는 걸 뒤늦게 알았다.

거기 달린 댓글을 읽다가 그 손님은 분명 자신이 노출되는 것을 싫어할 거라는 생각이 번뜩 들었다. 많은 사람이 읽고 있음을 알게 된 이상 이전과 같은 마음으로 글을 쓸 수도 없을 것 같았다. 시선을 의식하게 될 것이고 그러다 보면 내용을 포장하게 될 위험이 컸다. 답글 쓰기를 잠시 멈추기로 했다. 답글의 '좋아요' 개수가 더 올라가지 않으면 그때 다시 쓰려 했는데, 1년이 지나도 '좋아요'는 계속 늘어났다. 진 씨는 혹시나 손님이 부담을 느낄까 봐 마지막 인사를 끝으로 답글 쓰기를 멈추었다.

그 손님이 리뷰를 남긴 지 2년 반이 훌쩍 지났지만 진 씨는 아직도 손님에 대한 작은 정보조차 갖고 있지 않다. 배달앱 시스템상 이름과 주소 등 고객의 신상정보는 배달 기사에게 갈 뿐 가게로 넘어오지 않는다. 손님이 다시 리뷰를 남기지도 않았다. 한동안 주문이 들어올 때마다 혹시 그 손님 아닐까 기대하며 비누 꽃을 넣기도 했다. 힘들었던 시간을 이겨내 살아가고 있다면 한 번은 더 꽃이 전해지길 바랐다. "이제 괜찮아졌다"라는 한마디를 듣게 된다면 정말 좋겠다고 생각했다. 흔치 않은 인연이긴 하지만 왜 그렇게까지 걱정하느냐는 물음에 그는 이렇게 답한다.

"저도 모르겠어요. 정말 2년 넘게 잊어본 적이 없거든요. 아마도 처음 답글을 쓸 때 손님의 아픔에 크게 몰입했던 것 같아요. 어떡하면 말실수 안 하고 부담을 주지 않고 메시지를 전달할까, 이틀간 고민했어요. 이후에도 계속 고민하고 문장을 다듬은 후에야 답글을 남기다 보니까 손님의 상황을 계속 생각하게 됐고, 그래서 마음이 쓰였나 봐요. 혹시라도 만나게 된다면 안도의 눈물이 날 것 같아요."

진 씨는 배달 개시 이벤트로 준비했던 꽃과 편지를 아직도 모든 주문 고객에게 보내고 있다. "꽃 고마웠다"라는 손님들의 리뷰가 점점 늘어나면서다. 한 손님은 생일에 혼밥 하려고 주문했다가 꽃 한 송이에 행복해졌다는 리뷰를 남기기도 했다. 매장으로 전화가 걸려오는 일도 늘었다. 하루에 한두 통은 진 씨를 바꿔달라는 전화가 온다. "네, 진한준입니다" 하고 받으면 그때부터 상대방의 울음소리가 들린다.

"저는 깜짝 놀라죠. 혹시 그분이신가 싶기도 하고요. 전화를 들고 가게 밖에 나가서 우시는 걸 들어드려요. 이름도, 나이도, 사정도 모르는 분들인데 특별히 할 말이 있어서 전화하는 건 아닌 것 같더라고요. 목놓아 우는 소리를 듣다 보면 저도 울컥해서 눈물이 나고, 그렇게 10분쯤 같이 울면 진정하시고는 '시간 될 때 꼭 찾아가겠다' 하시더라고요. 그럼 전 그러죠. '먼 곳에서 힘들게 오지 않으셔도 됩니다. 언제든 전화해서 울다가 끊으셔도 됩니다'라고요."

긴 시간이 흘렀어도 진 씨는 여전히 그 손님의 소식을 기다리고 있다. 억지로 찾아내 만나려는 마음은 없지만, 손님이 원한다면 잘 지내고 있다는 소식 정도는 주고받을 수 있기를 바란다.

"이런 말이 정말 조심스러운데, 의도하진 않았지만, 알려진 사연을 접하고 저희 가게를 찾았다는 분이 종종 계세요. 그런 분들 덕분에 코로나 사태 초기에 휘청하다가도 여태껏 가게를 꾸려올 수 있었고, 개업 때부터 일한 직원들도 아직 함께할 수 있는 거고요. 지금까지 제가 잘 버틸 수 있는 원동력이었어요. 그분은 제가 살려줬다고 했지만 저는 오히려 그분이 저를 살려준 것 같아요."

"사람의 생명을 구하는 것은
오직 한 걸음을 내딛는 것이다.
그리고 또 한 걸음.
항상 같은 걸음일지라도 내디뎌야 한다."

생텍쥐페리

중고폰을 위한 첨단 기술

 광주에 사는 예순네 살 정호(가명) 씨는 늘 휴대전화로 딸을 만났다. 병마와 싸우다 세상을 떠난 딸의 사진이 전부 휴대전화에 들어 있었다. 버스에 앉아 멍하니 창밖을 바라보다가 불쑥 휴대전화를 열었고, 바쁘게 일하는 중에도 불현듯 떠오르면 사진첩 애플리케이션을 눌렀다. 화면 속에서 환하게 웃는 딸의 모습은 언제나 변함이 없었다. 항상 손안에 있었기에 딸의 얼굴이 아득해지는 경험을 그는 아직 해본 적 없었다. 휴대전화의 사진 앱은 엄지손가락이 가장 쉽게 닿는 자리에 고정돼 있었다.

 정호 씨는 주로 주택 공사 현장에서 인테리어 작업을 하며 생계를 이어가고 있었다. 2020년 8월 27일의 일터는 남구 봉선동의 어느 아파트였다. 분주히 움직이다가 퍼뜩 뭔가가 떠오른 그 순간, 주머니에 손을 넣었는데 있어야 할 휴대전화가 잡히지 않았다. 화들짝 놀라서 기억을 더듬어 보니 1층 베란다에서 작업할 때 누군가와 통화한 뒤 난간에 잠깐 올려둔 게 마지막이었다. 초조한 마음을 붙들고 주변을 샅샅이 뒤졌지만 찾을 수 없었다. 휴대전화에 발이 달리지 않고서는 있을 수 없는 일이 벌어졌다.

'휴대전화 만지는 법을 공부해 뒀어야 했는데, 잃어버렸을 때 위치 추적하는 기능이 있다던데, 사진을 백업해 두라고 누가 말해줬던 것 같은데, 다른 사람에게 부탁해서라도 그렇게 해뒀어야 했는데, 아비가 딸을 잃어버리겠느냐고 바보 같은 소리나 할 게 아니었는데……'

후회와 자책이 봇물 터지듯 밀려왔다. 지푸라기라도 잡아야 했다. 최신 고가품도 아닌 낡은 휴대전화를 수색하는 데 공권력을 동원해 달라고 매달리는 수밖에 없었다. 정호 씨는 경찰서로 달려갔다.

그가 경위를 설명하자 광주 남부경찰서는 움직였다. 딸과 두 번째 이별할 처지에 놓인 아버지. 휴대전화 분실 사건이 아니라 딸의 실종 사건에 가까웠다. 강력 3팀이 투입됐다.

수사는 예상대로 난항이었다. 잃어버렸다는 장소에는

CCTV가 없었고 목격자도 나오지 않았다. 분실인지, 절도인지 규정하기도 어려운 상황에서 제자리걸음을 거듭하던 수사팀은 9일 만에 단서를 확보했다. 탐문 수사에 나선 형사들이 현장을 멀리서 바라보고 있는 CCTV 카메라 한 대를 찾아냈다. 거기에 누군가 휴대전화를 집어가는 장면이 찍혀 있었다.

까만 점으로 보일 만큼 작았고 흐릿했지만 휴대전화에 손댄 사람이 있다는 건 분명했다. 그 시간에 주변을 오간 이들을 파악하고 탐문에서 확보한 여러 진술과 대조하며 차곡차곡 단서를 취합해 가니 마침내 용의자가 특정됐다. 휴대전화는 예상대로 그의 집에서 발견됐다. 강력팀 형사들이 들이닥쳤을 때 용의자는 무척 어리둥절한 표정을 지었다고 한다. 중고 휴대전화 하나 때문에 경찰이 출동할 거라곤 생각하지 못했을 것이다.

드디어 딸을 찾았다, 싶었는데 휴대전화 속에는 딸이 없었다. 용의자가 이미 휴대전화를 초기화한 상태였다. 연락처 앱도, 문자 앱도 메모 앱도 그리고 사진 앱도 텅텅 비어 있었다. 열흘 넘게 벌여온 수사와 간절하게 딸을 기다려온 아버지의 시간이 허탈하게 끝나버릴 상황이었다. 하지만 경찰은 그렇게 놔두지 않았다.

대형 수사를 전하는 뉴스에서나 등장하던 '디지털 포렌식'

을 꺼내 들었다. 컴퓨터에서 삭제된 데이터를 복구해 인멸된 증거를 찾아내는 첨단 기법이 이번에는 사라진 딸을 찾아내는 데 동원됐다. 꽤 긴 시간이 필요했지만 휴대전화에 들어 있던 딸의 모습은 늘 있던 그 자리에 언제나처럼 웃는 얼굴로 돌아왔다.

데이터가 복구된 휴대전화는 다시 정호 씨 손에 쥐어졌다. 경찰은 휴대전화를 전달하면서 작은 선물을 건넸다. 딸의 사진을 백업한 USB 저장 장치였다. 그가 다시는 딸과 헤어지지 않게 예방 조치까지 하고서야 수사는 종료됐다. 아버지는 울지 않을 수 없었다.

다정한
타인들

차를 긁었는데
눈물이 나네요

차 문을 열다가 옆 차에 흠집을 내는 '문콕'도 교통사고로 여기는 세상인데, 2019년 5월 21일 저녁, 배달원은 아파트 주차장의 승용차에 긴 자국을 남기고 말았다. 주차된 차량 틈에 오토바이를 세우려다 벌어진 일이었고, 신속 배달이 수입과 직결되는 플랫폼의 노동 환경도 실수를 부추겼을 것이다. 차창에 붙은 번호로 전화를 걸었다. 받지 않아 문자를 남겼다.

"배달 중에 차 사이를 지나가다 선생님 차를 긁어서요. 죄송합니다. 변상해 드리겠습니다."

다음 날 차를 살펴본 차주에게 연락이 왔다. "좋게 해결하자. 변상은 됐다"라는 내용이었다. 너무 뜻밖이었는지 배달원은 며칠간 그 말을 곱씹었던 것 같다. 사흘 뒤 근무 중 짬을 내

다시 문자를 보냈다.

"21일 저녁에 차를 긁은 사람입니다. 좋게 해결하자 하셔서 너무 감사해 문자 남깁니다. 정말 감사합니다. 좋은 하루 보내세요. 그리고 정말 감사합니다."

차주가 보내온 답장은 이랬다.

"열심히 일하고 정직하게 사시니 내일이 행복할 겁니다. 더운 날 땀 흘리는 당신을 응원합니다."

〈차를 긁었는데 눈물이 나네요〉라는 제목으로 배달원이 인터넷에 소개한 사연이다. 이와 비슷한 이야기는 잊을 만하면 인터넷 커뮤니티에 올라올 만큼 질긴 생명력을 갖고 있다.

2018년 6월 BMW 범퍼를 캔커피와 맞바꾼 사연이 온라인의 중고차 커뮤니티를 통해 알려졌다. 골목길을 지나던 트럭이 앞서가던 BMW 승용차의 후미를 추돌했다. 보상 문제를 얘기하며 난감해하는 트럭 기사에게 BMW 차주는 "혹시 차에 물티슈 있으세요?"라고 물었다. 가져다주니 추돌 부위를 슥슥 닦아보고는 "에이, 그냥 가시죠, 뭐. 커피나 하나 사주세요"라고 했다. 추돌하며 묻은 페인트는 물티슈로 지워졌지만 긁힌

자국이 여전히 선명했는데, 그 차주는 "차란 게 원래 치이고 까지는 것"이라는 독특한 철학을 꺼냈다.

여름 휴가철이던 2018년 8월 7일 강원도 양양의 피서지에서는 두 운전자가 이런 문자를 주고받았다.

"안녕하세요. ○○○○ 차주시죠. 죄송합니다. 차 앞쪽 펜더부터 문까지 제가 긁었습니다. 연락드렸으나 부재중이시네요. 문자 보시면 연락 바랍니다."

"차량 확인했습니다. 펜더 쪽이 조금 찌그러지긴 했는데 나머지는 크게 문제 되지 않을 듯합니다. 휴가철에 기분 좋게 놀러오신 것 같은데 괜히 마음 쓰고 계신 건 아닌가 싶네요. 차는 그냥 타도 될 듯해요. 즐거운 휴가 보내세요."

두 달 뒤 10월에는 출근길에 신호 대기 중인 차를 뒤에서 다른 차가 들이받았다. 다행히 큰 충격은 아니었고 뒤차 운전자는 깜빡 졸았다고 사과하면서 병원에 입원한 가족을 밤새워 돌보다 가는 길이라고 했다. 연락처를 교환하고 헤어진 뒤 앞차 운전자가 먼저 문자를 보냈다.

"차에 작은 상처가 있지만 서로 다치지 않았으니 그것으로 다행이고, 댁에 환자가 있는 듯한데 쾌차하시길 바랍니다. 걱정 마시고 푹 쉬세요."

　두 달 뒤 12월, 가해자는 어린 자녀를 차에 태우고 가던 아빠였다. 피해자는 그보다 나이가 한참 많아 보였다. 각각 차에서 내렸을 때 가해 차량 뒷좌석의 딸이 무슨 일에선지 목 놓아 우는 소리가 들렸다.

　"아유, 조심 좀 하지 그랬어요. 애가 우는 것 같은데 어서 가보세요. 요즘 열심히 사는 젊은 아빠들 보면 너무 안쓰러워서……."

　이렇게 뜻밖의 배려를 경험한 사람들은 상대방과 주고받은 문자 메시지를 인터넷에 공개하곤 한다. 거기에 자주 등장하는 한마디는 이런 것이다. "다음에 비슷한 사고를 당하면 관용을 베풀어주시길(BMW 차주)." "추후 이런 일이 생겼을 때 너그러이 넘어가 주세요(피서지 운전자)." 비슷한 이야기가 자꾸 반복되는 이유는 이런 사람들이 만들어 내는 나비효과 같은 게 아닐까.

나비효과

나비효과가 실재한다는 사실은 시민의 제보를 통해 확인됐다. 어느 트럭 운전사가 선행이 계속 이어진 경험을 들려주었다. 때는 2018년 여름, 충북 음성에서의 일이었다. 그는 1년 전에 겪은 일을 생생하게 기억하고 있었다. 3.5톤 트럭에 골판지를 잔뜩 싣고 가다가 짐을 고정하는 줄이 풀어져 도로에 골판지가 쏟아지고 말았다. 노면이 고르지 않은 데다 시간이 촉박해 서두른 탓이었다. 길바닥에 흩어진 골판지를 일일이 주워 트럭에 올리고 다시 차곡차곡 쌓아서 고정해야 했다. 근처에 주유소가 있었기 때문에 드나드는 차들이 많아 빨리 치우지 않으면 사고 위험이 컸다.

땀을 뻘뻘 흘리며 골판지를 주워 모으고 있을 때, 이불 원단을 실은 1톤 화물차가 천천히 다가왔다. 지긋한 나이의 기사가 차에서 내리더니 별다른 말도 없이 함께 골판지를 줍기 시작했다. 제보자는 도로에 계속 오가는 차들 때문에 정신이 없어서 고맙다는 인사도 못하고 일에 열중했다.

두 사람의 작업은 어느새 협업으로 이어졌다. 화물차 기사가 골판지를 들어 올려주면 트럭 기사가 짐칸에서 넘겨받았다. 원래 2인 1조로 일하던 사이처럼 한 시간 넘게 손발을 맞춘 덕에 도로의 골판지를 모두 트럭에 실을 수 있었다. 정신을 차린 트럭 기사가 비로소 인사를 건네며 이야기를 나눠보니 화물차 기사는 반대 방향 차로를 주행하다 상황을 목격했다고 말했다. 저 멀리 있는 유턴 신호등까지 가서 차를 돌려 먼 길을 다시 와준 것이었다.

고마워서 음료수라도 사려고 잡아끄는 트럭 기사의 손을 한사코 뿌리치며, 화물차 기사는 1년 전에 겪었던 일을 이야기했다. 이불 원단을 싣고 서울 시내를 지날 때였다. 갑자기 소나기가 쏟아졌다. 길가에 차를 세우고 비닐 포장을 씌우기 시작했다. 바람이 심하게 부는 통에 한쪽을 잡으면 다른 쪽이 날려 뒤집히고, 그쪽에 가서 잡으면 또 다른 쪽이 뒤집혀서 비를 쫄딱 맞으며 트럭 좌우를 오가고 있었다.

그때 지나가던 젊은 여성이 비닐의 한쪽 끝을 잡아줬다. 아기를 업고 있었는데도 한 손에 우산을, 다른 손에 비닐을 잡고 끝까지 도와줘서 포장을 씌울 수 있었다. 그는 "아까 지나가다 그 새댁이 생각나서 조금 도와준 것일 뿐"이라며 아무런 사례도 받지 않고 차를 몰아 떠났다. 제보자는 그 뒤로 운전하면서 비슷한 상황을 보면 일단 차를 세우게 되더라고 했다.

아살세팀은 기사 말미에 "따뜻한 세상을 꿈꾸는 여러분의 제보를 기다린다"라는 문구를 넣는다. 잠깐이면 읽을 수 있는 글이지만, 이 기사도 작게나마 도움의 손길이 시작되는 계기가 되었으면 좋겠다. 여기에서 쏘아올린 짧은 글이 어딘가에 따뜻한 마음으로 가닿기를. 그렇게 세상은 조금씩 바뀔지도 모른다.

미행

2020년 6월 24일은 비가 내렸다. 공부를 마친 대학생은 밤 11시쯤 늦은 귀가를 하던 중이었다. 그는 성균관대 부근 오피스텔에서 가족과 떨어져 지내고 있었다. 지친 몸을 이끌고 다다른 집 앞, 달콤한 휴식을 기대하며 1층 엘리베이터 앞에 이르렀을 때 낯선 할아버지와 마주쳤다.

할아버지는 엘리베이터 버튼도 누르지 않고 우두커니 서 있었다. 마침 문이 열린 엘리베이터와 거기에 타려는 학생을 멍하니 바라볼 뿐이었다. 늦은 밤 집 앞에서 만난 생면부지의 노인. 무슨 이유에선지 내 행동을 쫓아다니는 어색한 그의 시선에 당황스러웠을 텐데, 학생은 입을 열었다.

"할아버지, 여기 어쩐 일이세요?"

"오늘 은행 안 열어?"

의외의 대답이 돌아왔다. 은행은 오피스텔 2층과 3층에 있었다. 할아버지는 은행에 가려고 이 건물을 찾아온 모양이었다. 그런데 밤 11시에?

"지금은 시간이 너무 늦어서 문을 닫았어요."

귀가 어두운지 할아버지는 이 말을 단번에 알아듣지 못했다. 학생은 찬찬히 할아버지를 살폈다. 한쪽 눈을 잘 뜨지 못하는 모습이 어딘가 불편해 보였다. 어떻게 해야 하나, 고민이 시작됐을 때 할아버지가 한마디를 더했다.

"오늘 은행에 가려고 아침부터 나왔는데……."

학생은 처음 마주친 순간부터 들었던 생각을 다시 떠올렸다. 할아버지는 치매를 앓고 있는 건지도 모른다. 대화가 조금 더 이어졌다.

"오늘이 며칠이야?"

"24일이에요."

"25일 아니야? 아이고, 내가 착각했네."

"댁이 이 근처예요?"

"어, 이 근처여."

할아버지는 오피스텔 밖으로 걸음을 옮겼다. 밖에는 비가 쏟아지고 있었다. 밤늦게까지 공부하다 돌아온 학생은 몇 층만 올라가면 샤워를 하고 침대에 누워 TV를 켤 수 있었다. 엘리베이터를 탈까 말까, 짧은 고민 끝에 몸을 돌렸다. 밖으로 나가서 얼마 가지 못한 할아버지의 뒤를 따라 걷기 시작했다.

경찰에 전화해 길 잃은 노인이 있다고 신고할까 싶었지만 이내 생각을 접었다. 혹시라도 치매가 아니라면 경찰 출동에 할아버지가 당황하고 불쾌해하실 것 같았다. 학생은 신고 대신 '미행'을 택했다.

먼발치에서 조용히 따라가던 그는 한참을 걸은 뒤 자신의 결정이 옳았음을 알았다. 할아버지의 귀갓길이 아무래도 이상했다. 빗줄기가 굵어졌는데 우산을 지팡이처럼 쓰느라 비를 맞고 있었다. 근처에 산다고 했지만, 20분이 넘게 이리저리 방향을 바꿔가며 계속 걷기만 했다. 이미 지나온 길을 다시 걷는 일도 두세 번 반복됐다. 뭔가 잘못되고 있다고 확신한 학생은 할아버지에게 다가갔다.

"할아버지, 저 기억하세요?"

불과 20분 전에 얼굴을 마주하고 대화까지 나눴지만 기억하지 못하는 눈치였다.

"아까 은행에서! 은행에서 본 것 기억 안 나세요?"

학생이 재차 묻자 할아버지는 그제야 웃었다.

"어, 맞네."

　학생은 할아버지에게 집이 어디냐고 다시 물었다. 대답은 한결같이 "이 근처"였다. 택시를 잡아드리겠다고 해보고, 가족 전화번호를 알려달라고도 해봤지만 "아녀. 슬슬 가면 돼" 하면서 한사코 거절할 뿐이었다. 끈질긴 설득 끝에 할아버지가 우산을 펼쳐 들게 한 것이 그나마 소득이라면 소득이었다. 길을 안내하려 해도, 택시를 부르려 해도 목적지를 알아야 했다. 그 목적지를 아는지 모르는지 알 길이 없는 할아버지는 계속 걷기만 했고, 학생도 뒤따라 걷는 것 말고는 달리 방법이 없었다.

　이제는 미행인지 동행인지 모호해졌다. 학생은 자신의 존재를 드러내고 따라가는 중이니 동행이라 생각했을 테지만, 할아버지의 짧은 기억은 그의 존재를 금세 잊어버리는 터라 할아버지 입장에선 미행에 더 가까울 수도 있었다. 두 사람의 빗속 행군은 20분이 더 지나서야 끝이 났다. 한참을 걷던 할아버지가 마침내 허름한 아파트 안으로 들어갔다. 여기가 당신 집이라는 말도, 늦은 시간에 고마웠다는 인사도 없는 걸 보면 40분을 함께 걷다 헤어지는 순간에도 학생은 할아버지의 기억 바깥에 머물러 있었던 듯했다.

　아무런 얘기가 없었으니 여기가 할아버지 집이 맞는지, 엉뚱한 곳이어서 다시 나오는 건 아닌지 확인해야 했다. 오피스텔 1층에서 우두커니 서 있던 할아버지처럼, 그날 학생은 아파트 앞에서 우산을 들고 한참을 우두커니 서 있었다.

결국 자정이 넘어 귀가한 그는 온라인에 이런 글을 올렸다.

"오늘 어떤 할아버지가 길을 서성이는 걸 봤는데, 몇 년 전에 돌아가신 할아버지가 생각났어."

"희망은 어둠 속에서 시작된다.
일어나 옳은 일을 하려 할 때,
고집스러운 희망이 시작된다.
새벽은 올 것이다.
기다리고 보고 행하라. 포기하지 말라."

앤 라모트

다리 위에 선 사내

2017년 12월, 몹시 추운 날이었던 데다, 차들이 빠르게 달리는 곳이라 바람이 더 매섭게 몰아쳤다. 누군가 그 바람을 온몸으로 맞으며 서울 마포대교 위에 서 있었다. 삶을 끝내려는 거였다. 대학생이었는데, 사흘 전 그는 학교의 페이스북 페이지 '대나무숲'에 마포대교로 간다는 글을 올렸다. 용기가 안 났는지, 정리할 게 많았는지 자세한 사정은 알 수 없지만 실제로 다리 위에 서기까지 사흘이라는 시간이 더 걸렸다. 마지막 저녁을 먹고 오후 10시쯤 마포대교로 향했다. 아쉬움이 남아서였을까. 그곳에 도착한 뒤에도 한참 동안 한강을 바라봤다고 한다.

그때 멀리서 한 여성이 달려오는 게 보였다. '급한 일이 있나 보다' 하고 고개를 돌렸는데, 바로 그의 옆에서 걸음이 멈췄다. 여성이 다가와 물었다.

"대나무숲에서 봤는데, 혹시 그분이 맞나요?"

그는 아무 말도 하지 않았다. 조금 당황해서, 아니 소스라치게 놀라서 말을 할 수 없었다. 글을 올리긴 했지만 그곳은 완벽한 익명의 공간이었다. 누군가 읽을 거라는 예상은 너무 막연했고, 누군가 관심을 기울인다면 너무 이상한 일일 거라고 생각했다. 설마 누군가가 나타날 줄은 몰랐다.

그를 찾아온 여성은 같은 학교 학생이었다. '핫팩' 하나를 건네더니 아무 말 없이 그의 곁에 서 있었다. 그러다 돌연 자기소개를 하면서 말을 이었다.

"늦지 않아 다행이에요."

갑작스러운 친절이 낯설었던 그는 매정하게 들릴 법한 말을 던졌다.

"무슨 상관이고 뭐가 다행이에요. 우리는 철저히 남인데."

여학생은 환하게 웃으며 이렇게 답했다.

"어제까지는 남이었지만 지금은 아니잖아요."

이 말이 나오자 그는 울었고, 여학생은 그런 그의 곁을 묵묵히 지켰다. 얼마 뒤 울음을 그친 그에게 여학생은 24시간 카페에 가서 얘기를 좀 하자고 했다. 두 사람은 밤새 긴 대화를 나눴다.

알고 보니 여학생이 마포대교를 찾은 건 처음이 아니었다. 극단적 선택을 암시하는 글이 올라온 당일 이곳으로 달려와 몇 번이고 다리를 왕복했다. 혹시나 누군가가 스스로 목숨을 끊으려 할까 봐 마음을 졸이면서. 정말 그렇다면 꼭 마주칠 수 있기를 바라면서. 차라리 '장난 글'이었기를 기도하면서.

그는 이후 대나무숲에 그 여학생과 만난 이야기를 전했다. 이런 메시지를 남겼다.

"사실 아직도 살아가야 할 이유를 모르겠어요. 하지만 그래도 제 손을 잡아주셔서 고마워요. 제 세상은 어둡지만 당신의 세상은 항상 밝게 빛나기를 바랍니다."

2019년 4월의 어느 밤에는 강원도 춘천시 소양 2교에 한 남성이 서 있었다. 20대 젊은이가 혼자, 고개를 푹 숙인 채 난간에 기대선 모습이 위태로워 보였다. 깊은 생각에 잠긴 듯 조금의 움직임도 없었다. 어두워서 잘 보일 리 없는 강물을 하염없이 바라볼 뿐이었다.

그즈음 춘천시청 상황실에는 주요 지점의 CCTV 화면을 모니터링하는 직원이 앉아 있었다. 이곳저곳 화면을 바꿔가며 돌발 상황이 없는지 살피던 그는 급히 전화기를 들었다. 경찰과 연결되자 빨리 소양 2교로 가달라고 했다. 그곳에 누군가서 있다고.

시청 직원과 경찰의 통화가 이어지고 있을 무렵 소양 2교에 행인이 등장했다. 늘 다니는 길인 듯 빠른 걸음으로 다리를 건너던 중년 남성은 난간에 기대선 청년을 발견했다. 그는 잠깐의 망설임도 없이 청년에게 다가갔다. 가장 먼저 한 행동은 청년의 등에 손을 얹은 거였다. 그리고 몇 번을 토닥였다. 다 안다는 듯이, 괜찮다는 듯이.

행인과 청년이 나란히 서서 무언가 말을 주고받고 있을 때 경찰차가 도착했다. 경찰의 갑작스러운 등장에 청년은 깜짝 놀라며 당황했다. 잠시 허둥대더니 난간 너머로 몸을 던지려 했다. 행인은 그를 필사적으로 붙잡았다. 청년의 몸통을 잡아당겨 두 팔로 감싸 안았고, 경찰관들이 합세해 청년을 난간에서 떨어트려 놓을 수 있었다.

바닥에 주저앉은 청년이 안정을 찾을 때까지 행인과 경찰관들과 속속 도착한 119 대원들은 줄곧 그의 곁에 머물렀다. 한 경찰관은 쪼그리고 앉아 청년의 이야기를 들었다. 그가 더 이상 혼자가 아님을 충분히 확인한 뒤에야 행인은 다시 가던 길을 갔다. 사실 그 시간에 그런 자세로 서 있을 때부터 청년은 혼자가 아니었다. 보이지 않는 곳에서 지켜봐 준 사람이 있었고, 선뜻 다가와 준 행인이 있었고, 서둘러 달려와 준 이들이 있었다.

혐의점 없음

연락이 끊긴 지 보름 만에 아들의 소식이 들렸다. 열네 살 동현(가명)이와 함께 가출했던 친구가 집으로 돌아왔다고 했다. 아버지는 곧장 그 친구를 찾아갔다. 2019년 1월 추운 날이었다. 이 추위에 아들이 어디서 헤매고 있을지, 생각만 해도 가슴이 미어졌다.

"동현이는 광주의 모텔에 있을 거예요."

어느 모텔인지, 어느 동네에 있는 건지 친구는 모르고 있었다. '광주의 모텔'이라는 막연한 단서만을 가지고 세종시에 사는 아버지는 무작정 광주로 향했다. 처음 눈에 띈 경찰 지구대로 들어가 사정을 말했다. 간절함이 전해진 것 같았다. 경찰은 모텔이 많이 몰려 있는 서구 일대부터 수색하며 동현이의 행방을 쫓았다.

　얼마 후 힘겹게 문제의 모텔을 찾아냈지만, 거기에 동현이
는 없었다. 이미 방을 비운 상태였다. 그런데 낙심한 아버지에
게 모텔 주인이 뜻밖의 말을 했다.

　"20대로 보이는 젊은 남자가 방값을 대신 지불했어요. 연
락처를 받아뒀는데……."

　경찰은 긴장했다. 성인이 개입돼 있다면 범죄에 휘말렸을
가능성이 높았다. 감금된 상태일지도 몰랐다. 경찰은 주인이
넘겨준 연락처로 전화를 걸었다. "숙박비에 착오가 있어서 일
부를 돌려주겠다"라는 명분으로 남성을 만날 수 있었다.

　약속 장소에 나온 남성은 모텔비를 대신 내준 사실을 선뜻
수긍했다. 그러면서 "동현이를 보호하고 있다"라고 말했다. 낯
선 아이의 숙박비를 대납하고 보호 중이라는 주장에 경찰과
아버지의 의심은 더 커졌다. 그러자 그는 자기 얘기를 털어놓
기 시작했다.

　그도 한때 가출 청소년이었다. 동현이와 비슷했던 나이에
집을 나와 오랫동안 방황하며 많은 일을 겪었다. 시간이 흘러
제자리를 찾아서 지금은 가정도 꾸렸다. 지난 일이 됐지만 가
출했던 때의 힘들었던 기억은 그에게 상처였고 후회로 남았
다. 우연히 마주친 동현이에게서 과거의 자신이 보여 외면할

수 없었다고 했다.

경험을 통해 알게 된 것일 텐데, 가출한 아이를 집에 돌려보내는 가장 좋은 방법은 스스로 귀가할 마음이 들게 하는 거였다. 집에 가라고 다그치기보다 가려고 할 때까지 기다려주는 게 필요했다. 그 시간 동안 아이를 안전하게 해주는 일. 그것이 그가 동현이에게 해줬다는 '보호'였다.

모텔 방을 구해주고 끼니마다 먹을 것을 사다 줬다. 이상한 마음을 먹지는 않는지 매일 들여다봤고, 모텔 주인에게 "혹시라도 무슨 일이 생기면 바로 연락해 달라"면서 전화번호를 남겼다. 그는 배달 일을 하며 아내와 갓난아기까지 돌봐야 하는 가장이었다. 넉넉지 않은 형편에 더는 숙박비를 감당할 수 없게 됐을 때 동현이를 자기 집으로 데려가 함께 지내고 있었다.

경찰은 그의 말이 사실인지 확인하기 위해 모텔 주인의 목격담을 자세히 들었고, 그의 집에 있던 동현이에게 그간의 일을 물었다. 주변 탐문 조사를 해보니 그는 동현이에게 해준 것과 비슷한 일을 여러 차례 해온 터였다. 온라인 커뮤니티에서 알게 된 가출 청소년과 연락해 집으로 보내기도 했고, 보호시설과 연결해 준 적도 있었다. 그런 행적을 거슬러 올라가니 대략 5년 전부터였다.

아무리 살펴봐도 범죄 혐의점이 없었다. 그의 행동은 여러 절차를 거친 끝에 정말 순수한 도움이었음이 인정됐다. 동현이는 아버지와 함께 집으로 돌아갔다.

더럽고 아름다운 밤

밤 11시가 넘어 버스에 타고 있는 사람들의 하루는 어렵지 않게 짐작할 수 있다. 무척 길었을 것이다. 야근을 했거나, 야근 같은 회식을 했거나, 늦게까지 도서관에서 공부했거나, 늦은 시간에 가게를 찾은 손님을 상대했거나. 일과를 마치고 모처럼 친구와 어울렸더라도 그렇게 늦은 귀갓길은 피곤을 견디는 시간일 수밖에 없다.

2018년 3월 28일 서울 버스 7211번에 그런 사람들이 타고 있었다. 은평구와 동대문구를 오가는 버스는 밤 11시를 넘긴 시간에 국민대를 지나 연신내 쪽으로 달리는 중이었다. 정류장마다 멈춰서 승객을 내려주고 또 태우기를 반복하는데, 어느 정류장에 덜컹거리며 섰을 때 중간쯤 앉은 젊은 여성이 짧은 비명을 질렀다. 옆에 서 있던 만취한 남성이 여성을 향해 구토한 거였다. 마침 열린 문으로 남성은 비틀대며 내려버렸고 토사물로 범벅이 된 여성만 버스에 남겨졌다. 대학생인 듯했다. 후드티와 책가방, 앉았던 좌석과 그 주변까지 온통 엉망이었다.

안 그래도 조용하던 심야버스에서 여성의 비명은 순간적인 정적을 불렀다. 너무 놀라운 일이 벌어졌을 때 우리의 입도 함께 벌어져 아무 말도 못 하듯이 몇 초 정적이 흐른 뒤에 갑자기 버스 안이 부산해졌다. 거의 모든 승객이 자리에서 일어나 그 학생에게 몰려갔다. 각자 휴지를 꺼내고 물티슈를 뽑아 들고 손수건을 펼쳐서 토사물을 닦아주기 시작했다. 누군가는 손에 오물을 묻혀야 했고, 모두가 그 역한 냄새를 맡아야 했지만, 심야의 난데없는 청소를 아무도 외면하지 않았다.

이런 일을 저지르고 가버린 남성을 향해 어떤 아저씨가 욕을 했을 때, 옷에 묻은 토사물을 거의 닦아낸 피해 학생은 "괜찮아요"라고 말하며 미소를 보였다. 도와주는 승객들에게 여러 번 고맙다는 인사를 하면서 자기도 휴지를 꺼내 주변의 오물을 닦았다. 울음을 터뜨려도, 심한 욕설을 뱉어도 전혀 이상하지 않을 상황인데 심야버스의 작은 공동체에선 괜찮다, 고맙다는 말이 나왔다.

버스에 타고 있던 어느 승객이 온라인 커뮤니티에 〈더럽고 아름다운〉이라는 제목으로 글을 올리면서 이 이야기는 알려졌다. 길었던 하루의 늦은 귀갓길이 더러운 토사물로 얼룩질 뻔했다가 나의 피곤함보다 남의 곤경을 앞세운 사람들 덕분에 아름다워졌다. 그는 "누군가가 곤란에 처한 모습을 보고 각자의 가방을 뒤져 뭐라도 꺼낼 것을 찾는 그 부산함이 좋았다"라고 했다.

예비 의사, 예비 간호사

2017년 10월 2일 서울 어느 대학의 페이스북 '대나무숲' 페이지에 의대생의 글이 올라왔다. "어디에라도 말하지 않으면 죽을 것 같아요"로 시작해 "저 같은 게 의사가 될 수 있는 거예요?" 하며 끝을 맺었다. 사건은 전날 저녁에 벌어졌고 꼬박 하루를 노심초사하다 쓴 글이었다.

집 근처 지하철역 계단을 올라가고 있었다고 한다. 몇 걸음 앞서가던 아주머니가 갑자기 발을 떼지 못하고 멈춰 섰다. 나무토막처럼 온몸이 뻣뻣하게 굳나 싶더니 앞으로 고꾸라졌다. 학생은 놀라서 달려갔다. 아주머니를 돌려 눕혔지만 의식이 없었다. 얼굴은 이미 피투성이였다.

학생은 "기도를 확보해야 하나, 기관 내 삽관을 해야 하나,

그 순간에 엉뚱한 생각만 머리에서 맴돌았다"라고 털어놨다. 머뭇거리다 심폐소생술을 시작했다. "너무 정신이 없었지만 배운 대로 차근차근 (뼈가) 부러질 정도로 눌렀습니다. 아주머니 남편께서 역에 비치된 AED(자동 심장 충격기)를 갖다주셨습니다. 그걸 아주머니 몸에 붙이고, 충전하고, 배운 대로 하는데도 아주머니는 숨을 안 쉬었습니다. 그때 119 구조대가 도착해 인근 병원으로 이송했습니다. 오늘 아저씨(남편)에게서 전화가 왔는데……."

아주머니는 끝내 숨을 거뒀다. 남편은 학생에게 고맙다고 했다. 학생의 글은 여기서부터 한층 격해졌다.

"아무것도 모르는 2학년이라 그런 걸까요? 내가 원하는 길이 내과가 아니라 응급의학과였다면요? 그쪽에 더 관심을 쏟고 공부했더라면 달랐을까요? 그동안 도서관에서 공부했던 책들은, 입학할 때 가졌던 결심은 도대체 뭘까요?"

이 글에 2만 명 넘게 댓글을 남겼다. 위로, 응원, 격려, 또다시 위로……. "오늘의 깨달음을 끝까지 안고 환자의 편에서 인술을 펼치는 좋은 의사가 되길 바랍니다." "아무런 도움 없이 차갑게 혼자 떠나는 길이 아니었다는 사실만으로도 충분히 가치 있는 행동을 했다고 생각합니다." "그 자리에서 생명을 살리기 위해 노력했다는 것 자체만으로도 너무나 감사한 일이에요."

2018년 8월, 청주행 시외버스에 상처를 입은 남성이 타고 있었다. 술에 잔뜩 취한 듯 보였는데 얼굴에서 피가 흘렀다. 버스에 타기 전 몸을 가누지 못하고 넘어지는 바람에 그리된 거였다. 도움이 필요해 보였지만 선뜻 나서는 사람이 없었다. 그때 한 여학생이 버스에 올랐다.

남성을 본 학생은 기사에게 양해를 구한 뒤 버스에서 내렸다. 잠시 후 돌아온 학생의 손에는 얼음이 담긴 컵과 약품이 들려 있었다. 이내 남성의 옆자리에 앉더니 남성의 얼굴에 묻은 피를 닦고 얼음찜질을 해줬다. 버스가 이동하는 4시간 내내 학생은 남성의 곁에 머물렀다. 잠시 휴게소에 들렀을 때는 그를 부축해 화장실에도 다녀왔다. 이 이야기는 승객 중 한 명이 인터넷에 글을 올리면서 알려졌다. "제가 많이 부끄러웠습니다. 술에 취한 그분의 얘기를 끝까지 들어주며 상처를 치료하고 돌보는 모습이 대단해 보였습니다. 간호학과 학생인 듯했어요. 간호학 전공 서적을 들고 있더라고요."

의술의 무게를 체험한 예비 의사와 취객을 환자로 대한 예비 간호사. 아직 의사가 아니고 아직 간호사가 아니지만, 타인의 생명을 다루는 길을 택한 두 사람은 그 직업의 엄중함을 알고 있었다.

뜻밖의 선물

    2020년 6월 6일 현충일은 그 군인이 휴가를 마치고 부대로 복귀하는 날이었다. 서울 광진구 동서울터미널 앞 식당에서 순대국밥을 먹고 있었다. 배웅 나온 사람은 없어서 구석 테이블에 홀로 앉아 수저를 들었다. 복귀 전 자유롭게 먹는 마지막 식사였다. 요즘 군대 음식이 아주 좋아졌다지만, 엄한 규율의 공간에서 벗어나 있다는 사실만으로도 밖에서 먹는 음식과 비교할 순 없었다. 군인은 곧 먹는 일에 빠져들었다.

    한참을 식사에 열중해 있던 그에게 반찬을 더 가져온 주인이 뜻밖의 얘기를 했다. 옆 테이블에 앉아 있던 남자 손님이 그의 밥값까지 계산하고 갔다는 거였다. 누가 옆자리에 있는 건 알았는데, 그게 누군지 전혀 신경 쓰지 않고 있었다. 얼굴은 물론 나이를 가늠할 어떤 특징도 기억나지 않았고, 그런 것을 눈에 담기에는 국밥을 먹는 일이 너무 중요했다. 어리둥절한 상황에서 분명한 사실은 생판 모르는 누군가가 호의를 베풀고 홀연히 사라졌다는 것이었다.

그는 입고 있던 군복이 뜻밖의 호의와 무관치 않을 수 있겠다고, 마침 현충일이어서 군복이 평소와는 달리 보였을 수 있겠다고 추측했다. 짐작이 맞는다면 군인이 되고서 처음 경험하는 멋진 일이었다. 페이스북에는 군인들의 소식을 전하는 '군대 대나무숲' 페이지가 있다. 거기에 국밥 이야기를 올리며 "너무 고마워서 국물까지 다 먹었다. 국밥 한 그릇이 이렇게 따뜻한지 몰랐다"라고 적었다.

얼마 뒤 댓글이 달렸는데, 국밥집 주인이 쓴 거였다. 인터넷을 돌아다니다 우연히 군인의 국밥 사연을 보게 됐다는 주인은 그날의 '밥값 계산' 사건에 대해 자신이 아는 바를 적었다. 의문의 남자 손님은 국밥집 단골인데, 주인은 그를 '다리가 불편한 손님'으로 기억하고 있었다.

그날 식사를 마친 손님이 계산대에 오더니 조용히 군인의 밥값까지 계산해 달라고 했다. 주인이 "그래도 (밥값을 낸다고) 말은 해야 하지 않겠냐"라고 하자 그는 "불편해할지 모르니 그냥 가겠다"면서 돈만 내고 가버렸다. 그 손님이 밥값을 내준 까닭을 읽어내기에 턱없이 부족한 정보였지만, 댓글의 다음 문장에서 어느 정도 추정할 수는 있었다.

"우리 식당에 군인들이 자주 오는데, 그분처럼 밥값을 대신 내고 가시는 손님이 꽤 많습니다."

터미널의 국밥처럼 뜻밖의 선물이 된 도시락도 있었다. 주말을 이용해 '투잡'을 하기로 결심한 회사원은 2018년 매주 금요일과 토요일에 편의점 야간 근무 아르바이트를 시작했다. '불금'에 반복되는 술자리와 그 숙취에 시달리는 주말에서 벗어나고 싶었다. 차라리 돈을 더 벌자는 생각에서 우선 두 달만 편의점 일을 해보기로 했다. 그렇게 편의점에 출근한 첫날, 어린 남매를 만났다.

누나는 초등학생, 남동생은 유치원생 정도로 보였다. 밤 11시쯤 나란히 매장에 들어와서 냉장식품 코너를 들여다보던 남매는 도시락 하나를 골라 계산대로 가져왔다. 바코드를 읽어 찍힌 금액을 확인한 누나가 카드를 꺼냈다. 저소득층 가정에 발급되는 아동 급식 카드였다. 남매는 다음 날도, 그다음 날도 비슷한 시간에 편의점 문을 열었다. 계산대에는 늘 도시락 하나를 올려놓았다. 동생은 이것저것 먹고 싶은 것을 말하며 칭

얼댔지만 누나는 단호했다. 계산대에 놓이는 도시락이 두 개인 적은 한 번도 없었다. 급식 카드 잔액이 넉넉지 않은 모양이었다.

며칠간 지켜본 회사원은 '작전'을 세웠다. 밤 11시가 되기 전에 컵라면이나 도시락 등 간편 음식 몇 가지를 자기 돈으로 미리 계산해 놓았다가 남매가 계산대에 왔을 때 '사은품'이라며 건넸다. 두 아이는 "와~아" 하며 기뻐했다고 한다. 귀가하는 남매의 손에는 두툼한 봉지가 들렸고, 그것은 도시락 한 개를 둘이 나눠 먹지 않아도 된다는 뜻이었다. 다음 날도, 그다음 날도 남매는 사은품을 받았다.

동생은 그때마다 기뻐했는데, 처음 얼마간 좋아하던 누나의 얼굴이 언젠가부터 그리 밝지 않았다. 이런 행운이 이렇게 반복될 리 없다는 걸 초등학생 아이는 알고 있는 듯했다. 이후 회사원 알바생은 누나의 표정을 읽어가며 사은품 증정 횟수를 조절하고, 때로는 '1+1 이벤트'로 전략을 바꾸면서 남매의 끼니를 챙겼다.

계획한 두 달을 그렇게 채우고 그는 편의점 일을 그만뒀다. 남매에게 더는 사은품을 줄 수 없었다. 대신 선물을 하나 하기로 했다. 한 달 치 월급을 계좌에서 인출해 뒀다가 마지막 근무일 밤 11시에 어김없이 찾아온 남매에게 건넸다. 이것까지 받을 수는 없다고 생각했는지 한사코 거절하는 누나를 정성껏 설득해서 쥐어주고는 퇴근했다.

주말에 돈이나 벌자고 시작한 일인데, 두 달간 주말을 바쳐 일한 수입은 0원이 됐다. 첫 달 월급은 고스란히 '사은품'에 들어갔고, 둘째 달 월급은 몽땅 마지막 선물로 썼다. 두 달 동안 한 푼도 벌지 못하고 편의점 야간 아르바이트를 마치고 퇴근하는 길, 그에게 아침 공기가 유난히 상쾌하게 느껴졌을지 모른다. 아닌 게 아니라, 그가 남매에게 선물을 건네며 웃음을 주고받은 시간은 그 어느 때와도 바꾸지 못할 경험일 것이다.

2018년 3월 어느 속옷 가게에 여자아이가 엄마의 손을 잡고 들어왔다. 엄마는 딸에게 생일선물이라며 마음에 드는 속옷을 고르라고 했다. 아이는 진열대를 둘러보다 말했다.

"너무 비싸. 엄마 거 사."

이런 말을 하기에 아이는 아직 어려 보였다. 가게 주인은 아이가 엄마부터 챙기는 모습을 보며 내심 놀랐다. 자연스레 모녀의 쇼핑에 눈길이 갔다.

"엄마는 괜찮으니 네 거 사자."

엄마의 고집을 이기지 못하고 아이는 결국 속옷 몇 장을 골랐다.

모녀가 돌아간 뒤 주인은 아이의 마음씨가 예쁘다는 인상을 품고 있었는데, 일주일 만에 그 아이가 다시 찾아왔다. 이번엔 혼자였다.

"엄마한테 속옷을 선물하고 싶은데 얼마예요?"

주인 눈에는 그렇게 묻는 아이가 기특해 보였다.

"얼마 있는데?"

"6,500원 있는데 2,000원은 내일 버스비로 써야 해요."

아주 저렴한 곳에서 팬티 한 장 정도면 모를까, 4,500원짜리 선물용 속옷이 있을 리 없었다. 주인은 아이를 위한 선물세트 상품을 만들기로 했다.

"마침 4,500원짜리 속옷 세트가 남아 있네."

아이는 고개를 끄덕인 뒤 돌아갔다.

다음 날, 학교 끝나고 왔다며 아이가 4,500원을 주인에게 내밀었다. 어제 미처 가져오지 못한 돈을 집에서 챙겨온 모양이었다. 주인은 2만 8,000원짜리 기본 세트를 꺼냈다.

해변의 커플

피서객으로 왁자지껄하던 해수욕장에서 다급한 비명이 허공을 갈랐다. 여섯 살 여자아이가 발버둥 치며 소리를 지르고 있었다. 2018년 7월 제주 함덕해수욕장의 즐거운 분위기는 순식간에 돌변했다. 물장구를 치며 놀던 아이는 파도에 휩쓸려 물속으로 고꾸라진 상태였다. 때마침 카약을 타고 지나가던 20대 커플이 이를 목격했다. 두 사람은 필사적으로 노를 저어 아이에게 향했다. 가까운 지점에 도착해서는 재빨리 물속에서 아이를 건져냈다. 놀란 아이를 침착하게 진정시켰고 해변까지 데려다줬다.

뒤늦게 관광객의 신고를 받고 출동한 119 구조대와 해경은 크게 놀랐다. 아이가 익사할 수도 있는 사고였는데 별다른 상처 없이 무사히 보호자 품에 안겨 있었다. 구조대원은 언론을 통해 "우리가 할 일을 대신 감당해 준 두 분을 꼭 찾아 감사의 말씀을 드리고 싶다"라고 밝혔다. 해변의 영웅을 찾는 보도가 이어졌다. 그들을 찾는 것은 그리 어렵지 않았다.

주인공은 대학생과 창업 준비생이었다. 그들의 뇌리에 가장 선명하게 남아 있는 건 강한 바람이 부는 날씨였다. 화창한 날이었는데도 강풍이 심하게 불었다. 안전요원도 해수욕장 이용객들에게 가능하면 해변에서 멀리 떨어지지 말라고 당부하고 다닌 터였다.

두 사람은 조심스럽게 카약을 타며 시간을 보내다가 50미터쯤 떨어진 곳에서 튜브가 뒤집힌 채 허우적대는 아이를 발견했다. 있는 힘을 다해 아이에게 가보니 먼저 도착한 중년 부부가 카약의 노를 빼내 구조를 시도하고 있었다. 그런데 아이가 그만 노에 머리를 부딪쳤고 정신을 잃은 듯 물속으로 가라앉기 시작했다.

둘은 재빨리 아이의 두 팔을 붙잡아 카약으로 끌어 올렸다. 아이를 눕히고 상태를 살피는데 입술은 파랗게 질려 있었고 눈을 제대로 뜨지 못했다. 이러다 죽을 수도 있겠다는 생각에 심폐소생술을 시작했고 다행히 아이는 바닷물을 토해내며 정신을 차렸다. 문제는 그다음이었다. 눈을 뜬 뒤 바닷물이 시야에 가득 들어오자 아이가 발작을 일으켰다. 그 몸부림에 카약이 뒤집힐 뻔했다. 커플은 아이의 눈을 가리고 품에 안았다. 그제야 아이는 안정을 찾았다.

해변에서 만난 아이의 보호자는 일본인 관광객이었다. 두 사람은 아이가 다쳤을지 모르니 병원에 데려가라고 당부한 뒤 숙소로 돌아갔다. 구조 당시 상황에 대해 이렇게 덧붙였다.

"물에서 건졌을 때 미동도 없는 아이를 보니 눈앞이 캄캄했어요. 살려야 한다는 생각밖에 들지 않았어요. 발작하던 아이가 진정하고 몸부림을 멈췄을 때는 안도감에 눈물이 쏟아지더라고요. 펑펑 울면서 노를 저었어요."

구급차의 교통사고

　청와대 국민청원 사이트에 〈구급차를 막아 세운 택시기사를 처벌해 주세요〉라는 제목의 글이 올라왔다. 2020년 6월 8일 서울 강동구에서 벌어진 일을 말하고 있었다. 폐암 환자인 일흔아홉 살 어머니가 호흡곤란과 심한 통증을 호소해 응급실로 달려가던 길이었다. 구급차가 급히 차선을 변경하다 택시와 가벼운 접촉사고가 발생했다.

　구급차 운전자가 응급환자부터 병원에 옮긴 후에 사고 처리를 하겠다고 했으나 택시기사는 길을 내주지 않았다. "사고 처리가 먼저인데 어딜 가냐" "(환자가) 죽으면 내가 책임진다니까" 하면서 길을 막아선 채로 폭언을 쏟았다. 그렇게 10여 분을 지체하다 다른 구급차가 와서 어머니를 이송했지만 병원에 도착한 지 다섯 시간 만에 어머니는 세상을 떠나고 말았다. 단 10분 차이로 하나 남아 있던 음압격리병실에 입원할 기회를 놓친 탓에 한 시간 반 동안 구급차에서 기다린 뒤였다.

이 사건이 벌어지기 꼭 한 달 전 비슷한 얼개를 가진 이야기가 어느 온라인 커뮤니티에 올라왔다. 구급차가 등장하고, 환자를 급히 옮기는 상황이 전개되고, 그런데 교통사고가 발생하는. 경기도의 한 소방서 구급대원인 서른일곱 살 민철(가명) 씨는 고단한 5월을 보내고 있었다. 얼마 전 팀장이 되면서 업무가 늘어난 데다 수십 명의 희생자가 발생한 이천 물류창고 화재 현장에 다녀온 지 얼마 되지 않아 체력까지 떨어진 상태였다. 그가 근무하는 소방서는 전국에서 제일 바쁜 곳 중 하나다. 24시간 연속 근무를 할 때면 단 1분도 못 자는 경우가 빈번했다.

5월 8일도 컨디션이 좋지 않았다. 누적된 피로와 싸우며 오전을 견디던 그는 중증 외상 환자가 발생했다는 신고를 받고 현장으로 출동했다. 환자는 신속히 병원에 가서 응급처치를 받아야 하는 상태였다. 출동한 구급차는 두 대. 민철 씨의 구급차가 길을 트고, 환자를 태운 다른 구급차가 뒤를 따랐다. 바삐 달려가는데 100미터쯤 뒤에서 쫓아오던 구급차가 굉음을 내며 멈춰 섰다. 잠시 후 "차량 고장으로 주행이 불가능하다. 환자를 옮겨 태워야겠다"라는 무전이 왔다.

한시가 급한 터에 돌발상황까지 발생하자 민철 씨는 조급해졌다. 재빨리 사이드미러를 확인하고 차를 돌리기 위해 후진기어를 넣었다. 가속 페달을 밟자마자 '쿵' 충격이 느껴졌다. 바로 뒤에 민철 씨가 보지 못한 아반떼 승용차가 있었다. 멀쩡히 서 있던 구급차가 돌연 뒷걸음으로 들이받으니 아반떼 운전자는 무척 황당했을 것이다. 민철 씨는 차에서 내렸다.

아반떼에는 많이 놀란 30대 부부가 타고 있었다. 다행히 다친 곳은 없었다. 거듭 사과하고, 환자 이송을 마친 뒤 다시 오겠다며 연락처를 건넸다. 부부는 자초지종을 듣자 한목소리로 "빨리 가시라"라고 했다. 민철 씨는 정신없이 환자를 옮기고 나서 곧장 부부에게 전화를 걸었다. 예상치 못했던 말이 돌아왔다. 자신들은 괜찮으니 신경 쓰지 말라는 거였다. 어리둥절한 채로 사고 처리를 하자고 반복해 말했지만, 그들은 한사코 거절했다. 사고를 낸 사람이 변상하게 해달라고 조르는 묘한 상황이 벌어졌다. 그래도 민철 씨가 좀 더 완강했던지 부부가 반쯤 백기를 들었다. 차를 다시 살펴본 뒤 연락해 주겠다며 전화를 끊었다.

저녁이 될 때까지 감감무소식이었다. 참다못한 민철 씨가 다시 전화했는데, 또 실랑이가 벌어졌다. "변상해 드린다니까요"와 "됐다니까요"의 힘겨루기가 한참을 이어지다 마침내 아반떼 부부에게서 쐐기를 박는 말이 나왔다. "어차피 차 바꿀 거니까 신경 쓰지 마세요." 아침에 본 그 차는 그리 오래된 모델이 아니었는데 이렇게까지 말하는 상황에선 물러설 수밖에 없었다. 대신 감사의 표시로 치킨 쿠폰을 보냈다. "죄송한데 달리 드릴 건 없고, 저녁으로 치킨 드세요." 민철 씨의 문자에 부부는 이렇게 답했다. "항상 노고에 감사하고 있습니다. 고맙습니다."

구급차를 보내준 아반떼 부부 이야기는 구급차를 막아선 택시기사 사건과 극명하게 대비됐다. 5월 8일과 6월 8일, 정확히 한 달 만에 똑같은 사고가 벌어졌고 정반대의 결과로 이어졌다. 많은 이들이 택시기사의 행동에 분노했던 상황. 세상에는 이런 일도 있다고 알리기에 이보다 더 절묘한 타이밍은 없었다. 적어도 그 택시기사는 아반떼 부부 이야기를 제대로 읽어보게 해야 할 것 같았다. 아살세팀 기자들은 온라인 커뮤니티에 익명으로 사연을 올린 민철 씨를 찾아 인터뷰를 하기로 했다. 그가 사연을 게재했던 커뮤니티를 통해 '찾습니다' 메시지를 전하고, 사연에 숨어 있던 몇 가지 단서를 쫓아가며 민철 씨의 소재를 찾아 나섰다. 채 하루가 지나지 않아 그와 통화할 수 있었다.

민철 씨는 당시 상황을 좀 더 자세히 설명해 주면서 "구급차를 몰다 보면 작은 접촉사고는 다반사지만 이렇게 마음 써주신 분들은 그리 흔치 않다. 그날의 인연으로 지금까지도 종종 연락을 주고받고 있다"라고 말했다. 그가 말한 '연락'은 문득 그 부부가 생각날 때 휴대전화로 커피 쿠폰 같은 것을 보내주는 식이었다. 그러면 부부가 더 비싼 쿠폰으로 답례한다는 문제 아닌 문제가 있었지만, 이들은 서로에게 고마워하며 인연을 이어가는 중이다.

어느 날 문득

경남 밀양에 사는 전상구 씨는 2018년 1월 묵은 일기장을 들춰보다가 40년 전의 일을 떠올렸다. 신혼 때 아내와 함께 울릉도 여행을 떠난 1980년 8월의 일이었다. 강원도 삼척시 원덕읍 임원항에서 여객선으로 울릉도에 들어가는 경로를 택했고 일정에 맞춰 여비를 마련했다.

울릉도 구경을 잘 마치고 삼척으로 돌아가는 날, 바다가 말썽을 부렸다. 파도가 너무 높아 출항이 연기됐다. 바다가 잠잠해지기를 기다리며 하루이틀 지나는 동안 계획에 없던 지출이 생겼다. 울릉도에 머무는 동안은 버틸 수 있을 것 같은데, 밀양으로 돌아갈 차비가 문제였다. 당시 금융 시스템으로는 친지에게 송금을 받을 수도 없었다.

마침내 삼척으로 돌아왔을 때 여비가 뚝 떨어져 난감했던 그는 울릉도에 들어가기 전 묵었던 임원항 인근의 민박집을 찾았다. 사정을 들은 주인 부부가 선뜻 차비를 빌려줬다. 전 씨는 "밀양에 돌아가서 바로 보내드리겠다"라고 거듭 약속했다. 막막했던 차에 구세주라도 만난 심정이었다. 그런데 막상 집에 와보니 민박집 주소를 적어둔 메모지가 보이지 않았다. 우체국 통상환으로 돈을 보내려던 계획이 불가능해졌다. 본의 아니게 거짓말한 사람이 되고 말았다. 전 씨는 그렇게 40년 가까이 '빚'을 안고 살았다. 늘 마음에 걸렸고 문득문득 생각이 났다.

　그토록 애타게 찾던 민박집 주소를 일흔세 살 노인이 돼서야 일기장에서 발견한 것이다. 혹시 주소 적은 메모지가 없어질까 싶어 일기장에 따로 적어뒀는데 새까맣게 잊고 그 세월을 보냈다. 전 씨는 곧장 수소문에 나섰다. 이제라도 돈과 은혜를 갚아야 했다. 삼척시 원덕읍 주민센터의 임원출장소로 전화해 사연을 털어놓으며 도움을 청했고, 출장소장의 소개로 임원 1리 이장에게 편지를 보냈다.

　"무엇보다 관광지에서 많은 손님을 상대하는 그곳 숙박업계 분들에게 '역시 세상에 믿을 인간은 없구나' 하는 불신을 심어드리는 데 일조한 것 같아 안타까웠습니다."

이미 민박집 주인 부부 중 남편은 1994년에 작고한 뒤였다. 그래도 부인은 찾을 수 있었다. 전 씨는 이장에게 우체국 통상환 50만 원을 보내며 부인에게 전해달라고 부탁했다. 이런 글을 동봉했다.

"하도 오래된 일이라 기억에도 없으시겠지만 1980년 8월경 민박집에서 묵었던 신혼부부입니다. 며칠 묵은 인연으로 염치 불고하고 돈을 빌려 여태 갚지 못하다가 새삼스레 지금 부산을 떨고 있습니다. 뒤늦게 보내오니 받아주시기 바랍니다. 다시 한번 감사드립니다."

노년에 접어들어 삶을 돌아보면 참 많은 것에 생각이 미치는 모양이다. 2017년 서울교통공사에 배달된 익명의 편지에는 5만 원권 스무 장, 100만 원이 들어 있었다. 보낸 이는 자신을 일흔세 살 노인이라 소개하며 이렇게 적었다.

"젊은 시절 왼손에 화상을 입었는데, 의사 선생님이 제 처지를 동정해서 장애인 등급에 해당하지 않는데도 장애 진단을 내려줬습니다. 그때부터 지하철 무임승차를 했습니다. 처음에는 공짜로 타는 게 좋았지만 시간이 지날수록 마음이 불편해졌습니다."

오랜 생각 후 사죄의 마음을 담아 요금 일부를 보내니 받아주면 고맙겠다는 내용이었다. 어린 시절 슬쩍했던 물건값, 몰래 탔던 열차 요금, 누군가에게 받았던 금전적 도움을 뒤늦게나마 갚으려 돈을 보낸다는 사연은 해마다 어디선가 들려온다. 어느 해는 지하철 공사에, 어느 해는 버스 회사에, 어느 해는 서울역에 그런 편지가 날아오는데, 2018년은 삼척의 작은 민박집이었다. 이렇게 몇십 년 뒤 불쑥 떠올리게 될 일이 지금 우리에게도 벌어지고 있을지 모른다.

"우리가 오늘은 이러고 있지만,
 내일은 어떻게 될지 누가 알아요?"

세익스피어

7

코로나19를
이길

'우리'

면역체계

　　우한은 아수라장이었다. 몇 명이 감염됐는지, 몇 명이나 죽었는지 아는 이가 없을 만큼 황폐했다. 코로나19가 출몰하고 창궐한 곳. 유령 마을처럼 텅 빈 거리는 사람들이 바이러스에게 도시를 빼앗겼음을 뜻했다. 그 거리를 지나는 방역원과 공무원의 중무장한 모습은 사람이 사람을 피해야 하는 서글픈 상황이 현실임을 보여줬다.

　　그런 곳에서 교민을 데려오기 위해 정부가 전세기를 파견한다고 했을 때, 온라인은 아수라장이 됐다. 교민을 향한 혐오 댓글이 순식간에 온라인 공간을 덮었다. 거기서 시작됐으니 거기서 책임지라는 식이었다. 코로나19는 본격적으로 바다를 건너오기 전에 공포를 먼저 한국 땅에 들여보냈다. 공포에 감염된 이들은 우한 교민의 입국을 반대하며 험악한 말을 쏟아냈다. 날카로운 한마디 한마디가 교민들의 마음을 찌르고 아프게 파고들었을 터였다.

그 무렵 어느 온라인 커뮤니티에 올라온 글은 그들의 상처받은 마음을 고스란히 담고 있었다. 작성자는 2018년부터 가족과 함께 중국 광저우에서 살고 있다는 사업가였다. 마침 설을 맞아 한국에 들어왔다가 중국 코로나 사태가 심상치 않아 출국을 한 달 정도 미뤄둔 상태라고 했다. 뉴스에 촉각을 곤두세우고 있는데 우한에 전세기를 보낸다는 정부 발표가 나왔다. 이 소식을 들은 초등 5학년 아들이 "아빠, 한국이 최고야. 나중에 우리가 위험해도 구하러 오겠지?" 하며 기뻐했다. 그는 "당연하지. 당연히 국민을 구하러 오지"라고 답해줬다. 그런데 그날 밤 인터넷의 관련 기사에 달린 댓글들이 그의 생각을 뒤흔들어 놓았다. 대부분이 교민을 맹렬히 비난하고 있었다. 한 댓글이 유독 아팠다고 한다. "죽으려면 거기서 죽지 왜 들어오냐."

이런 댓글을 보며 그는 이렇게 썼다.

"내가 많이 착각했구나. 사람들이 이렇게 느낄 수도 있겠구나. 하는 생각이 들었습니다. 만약 내게 증상이 생기면 한국에서 더는 살 수 없겠다는 걱정도 하게 됐습니다. 우리 가족은 중국에서 생활하지만 제 아이들은 머리부터 발끝까지 한국 사람입니다. 한국을 사랑하고 한국을 그리워하는 평범한 아이들입니다. 부디 조금만 아량을 베풀어 주십시오. 저도 국민의 한 사람으로 국민의 의무를 다하겠습니다."

그의 글에도 수많은 댓글이 달렸다. 그를 아프게 했던 댓글과는 사뭇 달랐다. "왜 아량을 구하세요. 당신은 국가가 반드시 보호해야 할 국민입니다." "대다수 국민은 전세기 보내는 것을 당연하게 생각합니다." "우한 교민도 우리 형제자매입니다. 절대 놓지 않겠습니다." "힘내시고 건강하세요. 맘 상하면 몸도 상합니다……." 그는 큰 위안을 얻었다고 말했다. "한밤중에 험한 댓글을 보고 가슴을 졸였는데, 제 하소연에 이렇게 많은 분이 따뜻한 관심을 보여주실지 몰랐다. 진심으로 감사드린다. 마음속에서 벌써 눈물이 흐른다"라는 글을 다시 올렸다. 그의 마음을 녹여준 댓글 중 유독 눈에 띄는 것이 있었다. "세상에는 상식과 이해와 배려를 아는 사람이 아직 많이 있습니다."

그날 밤 이 사업가가 온라인에서 경험한 좌절과 반전은 현실에서도 그대로 나타났다. 정부는 전세기를 띄우면서 우한 교민의 입국 후 격리 장소로 충남 아산과 충북 진천을 택했다. 두 지역에서 격렬한 시위가 벌어졌다. 교민이 바이러스라도 되는 양, 왜 우리 지역에 보내느냐는 반발이 거세게 일었고, 이는 교민들을 향한 비난을 동반했다.

바이러스 공포가 불러온 님비NIMBY 현상이 맹렬히 곪아갈 때, SNS에서는 '#우리가 아산이다' 캠페인이 시작됐다. 누가 먼저였는지 확인할 수 없을 만큼 아주 많은 아산 시민이 우한 교민을 향해 "여기 와서 편히 쉬다 가시라"라는 메시지를 보냈다. 메시지의 힘은 시간이 갈수록 강해져서 3차 입국 교민이 경기도 이천에 도착했을 때는 주민들이 만든 환영 플래카드가 내걸렸다.

대구에서 폭발한 1차 대유행이 수도권을 향해 스멀스멀 올라올 무렵, 일상의 필수품이 된 마스크는 몸값이 껑충 뛰었다. 생산이 수요를 따라가지 못해 허덕이는 상황에서 탐욕이 고개를 들었다. 하루 1,000만 장 넘게 마스크가 만들어지고 있었는데 매장마다 품절 안내문이 붙었고, 온라인에선 결제한 구매도 번번이 취소됐다. 무려 100만 장을 빼돌린 생산업체 직원이 있었고, 곰팡이 마스크를 유통시킨 업자가 있었고, 비싸게 팔려고 재고를 쌓아놓은 업체가 많았다. 저소득층은 마스크 비용이 부담스러워 방역 양극화라는 말까지 나왔다.

그러자 나눔이 시작됐다. 먼저 익명의 제주시민이 마스크 1만 5,000장을 사회복지협의회에 전달했다. 주민들에게 마스크를 원활히 공급할 수 있게 1억 원을 내놓겠다는 누군가의 편지가 여주시청에 배달됐다. 온라인에선 "300장쯤 있는데 30장씩 여덟 분께 드릴게요" 하면서 미리 사둔 마스크를 나눠 쓰자는 글이 커뮤니티마다 올라왔다. 100만 장을 원가에 납품한 생산업체, 10만 장을 무상 기탁한 업체, 1만 장을 기부한 연예인이 잇따랐다. 정부에서 수급을 관리하고 시민들이 자발적으로 나눔을 실천하자 차츰 탐욕이 고개를 수그렸다.

사람의 몸은 병원균 등 이물질이 침투하면 염증의 형태로 반응하고 면역체계를 가동해 싸움을 시작한다. 사람들의 공동체도 사람의 몸을 닮아서 외부 자극에 이상 증세가 나타나면 스스로 치유하는 기능이 있다. 한국 사회에 침투한 코로나19는 이렇게 공포와 탐욕이라는 이물질을 들여왔고, 이는 님비 현상과 마스크 대란의 형태로 염증을 일으켰는데, 각각에 맞서는 공동체의 면역체계가 가동돼 이물질을 몰아냈다. 국가 방역의 이면에서 이런 사회 면역력이 큰 역할을 했다.

별거 아닌

코로나19 사태로 대학마다 온라인 강의 계획을 세우기 시작했을 때 연세대의 그 학생은 아찔했을 것이다. 형편이 넉넉지 못했던 그의 반지하 집에는 인터넷이 연결돼 있지 않았다. 영화 〈기생충〉의 유명한 장면처럼 이웃집 누군가의 와이파이가 희미하게 잡혀서 간혹 사용하고 있지만, 온라인 강의를 원활하게 듣기에는 역부족이었다. 휴대전화 핫스팟을 켜거나 매번 카페에 가는 것도 데이터 사용료와 음료값을 무시할 수 없어 어려웠다. 어쩔 수 없이 신호가 약한 와이파이로 강의에 접속하다 보니 수업 도중 연결이 끊기는 경우가 종종 있었다. 그럴 땐 화상 회의 앱을 통해 이뤄지는 강의가 저절로 종료됐다. 느린 와이파이 탓에 접속 자체가 안 되기도 했다. 그래서 수업

에 지각한 적이 여러 번이었다.

2020년 4월의 그날도 그랬다. 늦지 않게 컴퓨터 앞에 앉았는데 와이파이가 말썽이었다. 몇 번이나 다시 접속을 시도했지만 신호가 불안정했다. 결국 수업에 30분이나 늦게 입장하고 말았다. 학생은 수업이 끝난 뒤 담당 교수에게 메일을 보냈다. "말씀드리기 부끄럽지만 제가 사는 집이 반지하인데……" 하면서 수업에 늦을 수밖에 없었던 이유를 설명하고 결석 처리된 것을 지각으로 바꿔줄 수 있는지 물었다. 일정 시간 이상 늦으면 결석한 것으로 간주되는데, 늦게라도 접속됐으니 결석보다는 감점이 적은 지각을 한 것으로 선처해 달라는 부탁이었다.

얼마 뒤 교수의 답장이 도착했다.

"그런 사정이 있었군요. 이 수업뿐 아니라 다른 수업도 있을 텐데 어려움이 많겠네요. 부끄러울 것까지 있나요. 불편할 뿐이지요. 와이파이 문제야 학생의 잘못이 아닌데 말이죠. 참고 노력하면 좋은 결과가 있을 겁니다. 그래야 하고요. 출석한 것으로 처리해 두었습니다."

다음 날 연세대는 한 학기를 모두 온라인 강의로 채운다는 방침을 발표했다. 이 학생에게는 한 학기 내내 희미한 와이파이와 씨름해야 한다는 뜻이었다. 난감해하고 있을 때 뜻밖의 전화를 받았다. 메일을 주고받았던 교수였다. 학교의 온라인 강의 방침에 어려움이 없을지 묻던 교수는 도움을 주고 싶다며 "와이파이가 잘 터지는 카페에 가서 강의를 들을 수 있게 현금을 보내주겠다"라고 말했다. 그리고 그날 학생의 계좌에 15만 원이 입금됐다.

이 사연은 그 학생이 연세대 에브리타임에 〈감사합니다〉라는 제목으로 글을 올리며 알려졌다. 에브리타임은 대학별 익명 커뮤니티 기능이 제공되는 애플리케이션인데, 그의 글은 각종 SNS로 옮겨지면서 많은 이들이 읽었다. 교수의 제안을 처음 접했을 때 학생은 부담스러워 거절했다고 한다. 그러자 교수는 이렇게 말했다. "크게 생각하지 말아요. 별거 아니에요. 공부 열심히 해서 A$^+$를 받으면 됩니다."

코로나19는 우리 사회의 민낯을 여러 각도에서 들춰냈다. 그중 하나는 양극화의 깊은 골이었다. 경제가 순환을 멈추니 일용직 근로자가 가장 먼저 쓰러졌고, 갑자기 펼쳐진 언택트 사회에서 심각한 정보화 격차가 드러났으며, 공평해야 할 교육의 기회조차 빈익빈 부익부의 틀에서 자유롭지 못했다. 바이러스에 맞서 학업을 계속하려면 학교의 모습을 바꿔야 했는데, 하지만 아직 이런 부작용을 해소할 준비가 돼 있지 않았다. 미처 생각지 못한 난관 앞에서 학생이 받았던 교수의 전화처럼 그 간극을 메워주는 손길이 곳곳에 있었다. 그것도 아주 가볍게 "별거 아니에요" 하면서.

매진 행렬

코로나 직격탄을 맞은 대구의 봄은 처참했다. 감염의 공포가 도시의 구석구석을 얼어붙게 했다. 텅 빈 상점, 상인의 한숨, 쓸쓸한 거리만 남은 시내는 유령도시처럼 느껴졌다. 페이스북 페이지 '대구맛집일보'에 2월 21일 그런 현실을 보여주는 사진이 올라왔다. 맛집이 줄줄이 늘어선 동성로에 인적이 끊겨 간판 불빛만 거리를 지키고 있었다. 페이지 관리자는 이렇게 적었다.

"지금 동성로의 상황은 말할 수 없이 힘듭니다. 임대료와 인건비를 도저히 감당할 수 없는 처지입니다. 많은 업소가 매출도 매출이지만 갖고 있는 재료를 소비하지 못해 이중으로 손해 보고 있습니다. 지원과 도움이 절실히 필요합니다. 별거 아닌 페이지이지만 조금이나마 도움이 되고자 합니다. 도움이 필요한 업주들께서 메시지를 보내주시면 최선을 다해 알리겠습니다. 모두 힘내시고 즐거운 대구로 빨리 돌아오기를 바랍니다."

코로나 사태의 한복판에서 고사해 가는 대구 음식점의 식자재를 시민들이 나서서 소비해 주자는 제안이었다. 다음 날 오후 1시쯤 범어동 쌀국수 가게의 사정을 알리는 게시물이 올라왔다. "아직 판매하지 못한 해물 쌀국수와 소고기 쌀국수 50인분이 남아 있다고 합니다. 1만 2,000원에 팔던 것을 1만 원에 배송까지 해주신다고 합니다." 쌀국수 가게 주인은 페이지 관리자의 제안을 보고 지푸라기라도 잡는 심정으로 메시지를 보낸 터였다. 놀라운 일이 벌어졌다. 인근에 사는 시민들이 주문전화를 걸기 시작했다. 게시물에는 "주문을 완료했다"라는 시민의 댓글이 줄줄이 달렸다. 그냥 버려야 했을 쌀국수 재료가 모두 소진되는 데 그리 오랜 시간이 걸리지 않았다.

이후 업주들의 메시지와 시민의 댓글로 이 페이지는 코로나 사태 이전보다 몇 배 더 분주해졌다. "동성로의 한 매장에 국내산 소고기 채끝살 스테이크와 소고기 버섯말이 밀푀유나베 재료가 남아 있다고 합니다." "봉산동 카페에 미처 판매하지 못한 케이크가 남아 있습니다. 케이크와 아메리카노를 세트로 5,000원에 드린다고 합니다." "시장의 과일가게에 팔지 못한 귤 80상자가 있습니다. 무농약 귤이라 못생겼어도 맛있다고 합니다. 한 상자에 5,000원, 대구와 경산까지 배달해 드린답니다. 힘겹게 장사하는 아버지를 위해 따님이 메시지를 보내셨습니다."

얼마 지나지 않아 이런 게시물마다 '알림'이 추가됐다. "귤, 모두 팔렸다고 합니다." "케이크 소진됐습니다. 감사합니다." "채끝살과 밀푀유나베 소진 완료되었습니다." 봉산동 카페에 남아 있던 케이크가 소진되는 데는 불과 한 시간이 걸렸다. 때 아닌 매진 행렬은 닭갈비집으로, 육회집으로, 통닭집으로 퍼져 나갔다. 유리창 너머로 보이는 음식점 안에는 손님이 한 명도 없는데, 안타까운 마음에 문을 열고 들어가 음식을 시키려하면 "재료가 다 떨어졌다"라는 뜻밖의 대답이 돌아오는 기이한 상황을 대구 시민들은 기어코 만들어 냈다.

건물주의 품격

경기도에는 거꾸로 시민들을 응원하겠다고 나선 음식점 주인이 있었다. 경기지사가 모든 도민에게 1인당 10만 원씩 지역화폐를 지급한다고 발표한 뒤, 동탄의 한 고깃집은 현수막을 내걸었다. '지역화폐 사용 시 결제금액 10퍼센트 할인.' 현금을 선호하는 일부 음식점이 지역화폐 사용자에게 수수료 명목의 웃돈을 요구한다는 이야기가 나왔던 터라 화제가 됐다. 지역화폐에 웃돈을 물리는 대신 할인 혜택을 준다는 이 식당을 향해 네티즌들은 "조만간 돈으로 혼내주러 가야겠다"라는 유쾌한 댓글을 달며 호응했다.

고깃집 주인은 할인에 나선 까닭을 이렇게 설명했다. "우리도 물론 힘듭니다. 지난해보다 매출이 60퍼센트나 줄었어요. 너무 안 좋은 상황인데, 우리 가게 건물주가 월세를 석 달 간 50퍼센트나 감면해 줬어요. 얼마나 고마운지 몰라요. 정말 힘들 때 도움을 받아보니까 나도 누군가에게 도움이 되고 싶 더라고요."

고깃집 주인이 현수막을 내건 것은 4월이었다. 두 달쯤 전 인 2월 13일 전주 한옥마을 건물주 14명이 상가 임대료를 석 달간 10~20퍼센트 인하하기로 결정했다. 코로나 사태에 타 격을 입은 임차 상인들을 위해서였다. 착한 임대인 운동의 시 작이 사람들에게 차츰 알려지기 시작했다.

열흘 남짓 지난 2월 26일 서울 중구에서 치킨집을 운영하 는 마흔세 살 이 씨는 건물주의 전화를 받았다. "요즘 힘드시 죠?"라는 인사말로 시작한 통화는 "이달 월세는 20퍼센트 빼 고 보내시면 된다"라는 말로 마무리됐다. 매출이 급감해 답답 했던 가슴이 조금은 편안해질 수 있었다. 그 건물주도 다른 곳 에서 자영업을 하는 터라 "요즘 힘드시죠?"라는 말이 인사치 레일 수 없었다. 이 씨는 "그분도 힘든 시기를 보내고 있을 게 뻔한데 먼저 손을 내밀어줘 너무 고마웠다"라고 했다.

서울 송파구 문정동의 건물주는 임차 상인 10명에게 석 달 간 임대료의 30퍼센트를 받지 않겠다고 선언했다. 2,000만 원 의 손해를 감수하고 내린 결정이었다. 그는 "상인들이 살아야 건물주도 사는 것 아니냐"라고 했다.

연예인 중에도 착한 임대인이 속속 등장했다. 3월에는 배우 박은혜 씨가 직접 임차인에게 보낸 문자 메시지 내용이 공개됐다. "요즘 많이 힘드실 것 같아 문자 드려요. 이달 월세는 받지 않겠습니다. 이 정도로 도움이 될 수 있을지 모르겠지만 힘내세요."

인터넷의 부동산 커뮤니티에는 임대료 인하를 고민하는 건물주와 상가 소유자의 글이 이어졌다. "안 깎아주면 나쁜 임대인이냐"라는 볼멘소리도 섞여 있었지만, 세입자가 "저희는 아직 괜찮다. 사장님도 힘드실 텐데 마음만 받겠다"라고 해서 감격했다는 글도 보였다. 그렇게 하라는 법도 규정도 없는데, 많은 사람이 나도 그렇게 할까를 고민하고 또 실천했다. 전주에서 시작된 지 불과 두 달 만에 전국 3만여 점포의 임대료가 인하되거나 동결됐다.

그런데 건물주의 품격을 보여준 이 현상은 왠지 낯설지 않았다. 기시감이 든 것은, 2015년 메르스 사태가 터졌을 때부터 누가 시키지 않아도 이미 그렇게 해온 사람들이 있었기 때문이었다. 같은 코로나 계열의 바이러스 감염병인 메르스가 한국인의 삶을 뒤흔든 과정은 코로나19와 크게 다르지 않았다. 186명의 감염자와 38명의 사망자를 내면서 몇 달간 우리 주변에 머물렀다. 사람들은 위축되고 소비가 중단됐으며 그것이 경제에 미친 충격은 영세 자영업자부터 집어삼켰다.

경북 포항의 전통시장에서 예순한 살 심 씨가 운영하는 어구 가게의 매출은 80퍼센트가 폭락했다. 20년간 유지해 온 가게를 접어야 할 위기에 몰렸다. 하루하루 피가 말라갈 때 문자 메시지를 받았다. "메르스 여파로 장사가 안돼 힘드시죠? 사장님의 고통을 분담하겠습니다. 7~8월 월세는 반만 주십시오. 호의를 받아주시고 열심히 사업하셔서 좋은 결과를 보시기 바랍니다." 메시지 말미에는 '건물주 드림'이라고 적혀 있었다.

그 건물주의 임차인은 4명이었는데, 다들 "힘드시죠? 조금만 참으면 제자리로 돌아올 겁니다" "조금이나마 도움이 되고 싶으니 이번 달 월세는 그냥 넘어가시면 됩니다" 하는 비슷한 문자를 받았다. 심 씨는 5년이 지난 지금도 그 문자를 지우지 않고 간직하고 있다고 했다.

인천 부평구 상가 건물에서 떡볶이 가게를 운영하는 마흔세 살 백 씨가 건물주의 갑작스러운 연락을 받은 것은 2018년 10월이었다. 창궐한 바이러스는 없었지만 불황의 그늘이 한국 경제에 짙게 드리워져 있을 때였다. 건물주는 도장을 들고 사무실로 오라고 했다. 백 씨는 가슴이 철렁 내려앉았다. 임대인과 임차인이 도장 들고 만날 일은 임대차 계약 문제밖에 없었다. 임대료가 더 오르면 버티기 어려웠다.

눈앞이 아득해졌다. 복잡한 마음으로 사무실에 갔는데, 건물주가 보낸 관리인이 계약서 한 장을 내밀며 긴말 없이 도장을 찍으라고 했다. 떨리는 손으로 집어 든 종이에는 '한시적 임대료 조정 합의서'라고 쓰여 있었다. "경기 불황으로 인한 임차인의 어려움을 함께 나누고자 한시적으로 임대료를 인하하기로 함에 월 임대료를 아래와 같이 조정한다"면서 임대료를 월 100만 원이나, 그것도 이듬해 12월까지 무려 14개월 동안이나 감면한다는 내용이었다. 알고 보니 그의 건물을 임차한 모든 상인에게 비슷한 합의서가 전달됐다. 사람들은 위기가 닥칠 때마다 이렇게 이겨내 왔다.

사투

콧등에 반창고를 붙인 간호사. 가지런히 묶은 머리와 꼼꼼히 챙겨 입은 방호복, 지친 듯하면서도 덤덤한 표정이 코로나 병동 생활의 고충을, 그곳 의료진의 심경을 말해주는 것 같았다. 그 모습을 포착한 사진의 힘은 강력했다. 열악한 환경 속에서 바이러스와 사투를 벌이는 의료진의 노고는 이 사진 한 장으로 충분히 전해졌다.

사진의 주인공은 국군춘천병원 소속 김혜주 대위였다. 김 대위의 사진은 2020년 3월 국방부 트위터에 게시됐다. 콧등에 겹쳐 붙인 두 장의 반창고가 네티즌을 울렸다. 트위터 게시물은 그 반창고에 대해 이렇게 설명하고 있었다.

"마스크를 오래 써서 헐어버린 코 위에 반창고를 붙이고 또다시 새로운 마스크를 쓰며 임무 수행을 준비합니다."

코로나 병동에 들어갈 때면 의료진은 N95 의료용 마스크를 쓴다. 이 마스크를 반복해서 쓰고 벗다 보니 콧등이 쓸리고 피부가 벗겨진다. 그래서 붙인 반창고는 살갗이 벗겨질 만큼 강도 높은 업무를 소화하고 있다는 뜻이었다. 김 대위는 "의료용 고글과 방호복 후드 부분이 이마를 누르는 경우도 있어서 통증은 늘 있다. 이마에도 일회용 반창고나 거즈를 붙이고 근무하는 의료진이 많다"라고 했다.

김 대위는 감염 위험 속에서 살얼음판 걷는 하루하루를 보내고 있었다. 의료진은 방호복을 입은 뒤 서로 점검해 주는 과정을 거친다. 방호복에 구멍 난 곳은 없는지, 코와 입은 잘 가려졌는지 확인하기 위해서다. 조금만 소홀하면 바이러스는 그 틈을 놓치지 않는다. 그는 "인근 병원에서 의료진 감염 소식이 전해졌다. 우리에게도 가능성은 늘 열려 있다. 내가 걸리면 동료도 걸릴 수 있다. 내가 걸릴지 모른다는 생각보다 동료를 감염시킬지 모른다는 사실이 두려웠다"라고 말했다.

의사는 한눈에도 불편해 보이는 방호복에 고글과 마스크를 착용하고 있었다. 그 안에 갇힌 몸은 이미 땀범벅이 됐을 터였다. 고글 속 눈가에 세월의 흔적이 묻어난다는 점이 함께 일하는 의료진과 유일하게 달랐다. 깊게 팬 주름만큼 연륜이 쌓였지만 그러는 동안 시간이 흘러 육체적 한계를 절감하게 된 나이. 의사 문성환 씨는 일흔여섯의 나이에 코로나 바이러스와 싸우러 갔다.

부산 북구보건소 소속인 그는 2020년 1월부터 방역 최전선에서 사투를 벌여왔다. 8월 퇴직을 앞두고 있었지만 의심환자의 검체 채취를 비롯해 가장 힘든 임무를 자청했다. 북구보건소가 부산 최초로 드라이브스루 선별진료소를 열었을 때도 자원했다. 비상 근무 체제에 돌입한 뒤 한 달여 동안 쉴 틈 없이 방역 업무에 매달리느라 지쳐 있는 상태에서 선택한 길이었다.

문 씨는 1968년에 의사 생활을 시작해 50년 넘게 환자를 돌봤다. 개인 병원을 운영했고, 잠시 의료계를 떠났다가 천직인 의술로 은퇴 전의 삶을 채우고 싶어 2018년부터 북구보건소에서 다시 의사 생활을 시작했다. 그렇게 정리해 가던 의사 인생 막바지에 이 바이러스를 만난 것이다.

그는 "생애 마지막 봉사의 기회가 주어진 듯했다. 힘닿는 데까지 해보기로 결심했다"라고 말했다. 방호복을 입고 고글을 쓰면 숨이 가쁘고 눈도 침침하다. 허리는 수시로 통증을 일으키며 그에게 경고를 보낸다. 검체를 채취하는데 환자가 재채기를 하거나 구역질을 심하게 하면 불현듯 공포가 엄습해온다. 그래도 그는 현장에 남았다. 이유는 단순했다.

"환자들이 저보다 더 힘들지 않겠어요?"

"삶에서 가장 명예로운 것은
넘어지지 않는 것이 아니라
넘어질 때마다 다시 일어나는 것이다."

넬슨 만델라

마중 나온 의사

아직 치료제가 없는 바이러스에 자신이 감염됐다는 소식을 들었을 때 엄습해 오는 두려움은 이제껏 겪어보지 못한 것일 테다. 가족과 떨어져 낯선 곳에서 지내야 하는데, 외부와 단절된 격리 생활을 한다는데, 손 쓸 틈 없이 중환자실로 가는 사람도 많다던데……. 국내 열일곱 번째로 코로나19 확진 판정을 받은 명수(가명) 씨 역시 그랬다. 그는 2020년 2월 5일 경기 고양시 명지병원에 입원하러 가던 길을 굉장히 불안하고 초조했다고 기억했다. 그런데, 그 불안감이 오래가진 않았다고 덧붙였다.

그가 병원에 도착해 처음 만난 사람은 김문정 교수였다. 진단검사의학과장이면서 이 병원의 감염관리실장이던 그를 만난 곳은 진료실이 아니라 구급차 바로 앞이었다. 확진자가 구급차에서 내리는 장소에 방호복을 입고 마중 나와 있었다. 김 교수가 명수 씨를 보자마자 처음 건넨 말은 "많이 놀라셨죠?"였다. "치료받으면 금방 괜찮아질 거예요"라고 안심시키면서 그가 지낼 5층 병실까지 함께 이동했다. 방호복 탓에 조금만 걸어도 숨이 찼을 텐데, 쉼 없이 말을 건네며 환자가 평정심을 찾을 수 있게 도왔다. 명수 씨는 2월 17일 완치 판정을 받고 퇴원하며 의료진에게 남긴 감사 편지에서 "그날 5층까지 숨차게 동행해 주신 것이 가장 기억에 남는다"라고 했다. 또 이렇게 적었다.

"제 상태를 매일 하나하나 챙겨주시고 새로운 소식이 있으면 바로바로 알려주신 강유민 교수님, 정말 감사드립니다. 따뜻한 말을 한마디라도 더 해주려 노력하시는 모습이 정말 좋았습니다. 그리고 친구처럼 스스럼없이 병실에 와서 농담을 건네며 제 기분이 나아지게 도와주신 성유민 선생님, 매번 저의 폐 엑스레이를 이글거리는 눈빛으로 찍어주신 강 선생님께도 감사를 전하고 싶습니다."

이밖에도 고마운 이들이 많았다. "입원 기간 내내 불편한 건 없는지 매일 물어봐 주시고, 제가 찾는 간식과 음료를 병실로 넣어주시고, 재미난 이야기도 많이 해주셨다"면서 12명의 간호사 이름을 나열했다. 의료진 누군가가 병실의 막힌 세면대를 직접 뚫어준 일, 창문 하나 없는 방에서 자신이 지치지 않게 격려해 준 일, 정성을 다해 치료해 준 일 전부가 그의 가슴에 남았다. 의료진의 섬세함은 그가 퇴원하는 날까지 계속됐다. 한 간호사는 퇴원 절차를 꼼꼼히 설명한 뒤 그의 물품을 직접 소독해 줬고, 어느 직원은 퇴원 교통편과 이동 경로까지 챙겨줬다. 이들 덕에 명수 씨는 바이러스를 이겨냈다. 그의 완치 소식은 불안해하던 많은 사람에게 희망을 줬다.

마침 오늘 적금 탔어요

2020년 4월 27일 종이봉투 하나를 쥔 중년 남성이 경남 거제시청 1층 민원실에 들어섰다. 잠시 서성거리다 봉투를 한쪽에 슬쩍 놔두고 사라졌다. 5만 원짜리 지폐 200장과 A4 용지로 출력한 편지가 들어 있었다. 편지에는 "코로나19로 서민들이 IMF 때보다 더 힘든 나날을 보내는 것 같습니다. 하루하루 겨우 살아가는 이들에게 조금이라도 힘이 되고 싶어 이 돈을 기부합니다"라고 적혀 있었다. 그는 "마침 오늘이 적금 만기일"이라고 했다.

적어도 1년 이상은 기다렸을 적금 타는 날에 그 돈을 자신이 쓰는 대신 내놓기를 택했다는 뜻이었다. 이름을 남기지 않았다. 컴퓨터로 작성한 편지여서 필체조차 알 수 없었다. 적금을 부어왔다는 사실에서 현금이 넉넉한 사람은 아니겠거니, 편지의 글이 꽤 긴 것으로 미뤄 이 결정을 내리며 많은 생각을 했겠거니 짐작할 뿐이었다. '마침' 적금을 타서 나눔의 손길에 보탠다는 한마디가 시청 사람들의 기억에 남았다.

코로나19가 덮친 2020년은 우울한 소식만큼이나 따뜻한 사연이 쏟아진 해였다. 곳곳에서 자신이 가진 것을 내놓겠다는 사람들이 나타났다. 이상하게도 그리 많이 가진 이들이 아니었다. 형편이 팍팍한 시장 상인도 있었고, 장애를 안고 살아가는 사람도 있었고, 기초 생활 수급자도 많았다.

양미숙 할머니가 부산 영도구청장을 찾아온 것은 4월 23일이었다. 80대 중반에 거동이 불편한 할머니는 요양 보호사의 도움을 받아 구청까지 왔다. 한 손으로 지팡이를 짚고, 다른 손으로 검은색 비닐봉지를 들고 있었다. 할머니는 집무실에서 마주 앉은 구청장에게 그 봉지를 내밀었다. 담긴 것은 1만 원 지폐 뭉치, 500만 원이었다. 할머니는 "나도 어렵지만 내가 어려울 때 받았던 도움을 이제 나보다 더 어려운 사람을 위해 베풀고 싶다"라고 말했다.

자녀가 없는 양 할머니는 남편이 간암으로 세상을 떠난 2008년에 기초 생활 수급자가 됐다. 국가보조금을 받아 살아가면서 그 돈을 조금씩 떼어내 모았다. 택시를 탈 일이 있어도 버스를 고집했고, 반찬값도 한두 푼씩 아껴가며 지냈다. 그렇게 500만 원이 모이는 데 꼬박 12년이 걸렸다. 돈이 만들어진 경위를 설명하자 한 차례 실랑이가 벌어졌다. 구청장은 돈을 받을 수 없다며 한사코 할머니를 말렸고, 할머니는 어서 받아 달라며 뜻을 굽히지 않았다.

결국 구청장이 졌다. 그는 "정말 귀하게 모아 기부하신 돈이니 정말 뜻 깊은 일에 쓰겠다"라고 약속했다. 500만 원에는 할머니가 타지 못한 택시비가, 먹지 못한 반찬값이, 조금은 더 누릴 수 있었을 안락함이 담겨 있었다. 이런 돈을 선뜻 내놓는 마음의 깊이는 가늠하기도 어렵다. 그 돈이 누군가에게 전달됐다면 할머니의 이런 마음까지 부디 함께 전해졌기를.

제주에 사는 6·25 참전용사 주관섭 할아버지. 100세가 넘은 그는 70여 년 전 피난민이었다. 나고 자란 함경도를 뒤로하고 남으로 내려왔다. 전쟁을 피해 떠나온 지 얼마 안 돼 군복을 입고 전쟁터로 가야 했다. 비극일 뿐인 전쟁이 끝난 뒤 서울에서 지금의 아내 백영순 할머니를 만났다. 부부는 30여 년 전 서울 생활을 마무리하고 제주로 내려가 터전을 잡았다.

그 이후의 세월이 세세히 알려지진 않았는데, 살림이 넉넉지 않았던 듯하다. 기초 생활 수급자로 영구 임대 아파트에서 지내며 국가유공자 수당과 생활지원금을 받아 생계를 꾸리고 있다. 부부는 4월 9일 서귀포시를 찾아 2,000만 원을 기탁했다. 생활비를 쪼개가며 알뜰하게 모아온 돈이었다. 주 할아버지는 "그동안 나라의 도움만 받고 살아왔다. 코로나 사태로 힘들어하는 사람들을 보면서 내가 받은 걸 되돌려 주고 싶다는 생각이 들었다"라고 말했다.

할아버지와 할머니는 뉴스에서 연일 들려오는 코로나 소식에 뭐라도 도울 방법이 없을까 고민하다 전 재산 3,500만원의 절반 이상을 기부하기로 결심한 것이다. 할머니는 "옷 한 벌 사 입기도 빠듯한 형편이지만 그동안 저축한 돈을 필요한 곳에 쓸 수 있게 되니 행복하네요"라면서 할아버지의 설명을 거들었다. 그렇게 말하는 할머니 얼굴에 정말 해사한 미소가 어렸다.

3월 20일 오전 6시쯤, 동틀 무렵의 그 시간에 누군가가 강원도 강릉경찰서 북부지구대의 출입문을 슬쩍 열었다. 문틈 사이로 빼꼼 등장한 의문의 손은 검은색 비닐봉지를 내려놓고 사라졌다. 경찰관이 봉지의 주인을 확인하려 했으나 그는 재빨랐다. 지구대 바로 앞에 세워둔 승용차를 타고 서둘러 자리를 떴다. 봉지에 든 것은 현금 22만 6,000원과 손편지.

"힘드신 저소득층 어르신들께 조금이나마 도움을 드릴까 해서 많은 이의 손길로 빈 병을 수거해 모은 돈입니다. 마스크나 소독제를 구매해 나눠주시면 감사하겠습니다." 주문진에 거주하는 시민이라고만 밝히면서 "미약한 힘이지만……" 하며 쑥스러운 듯 조심스럽게 기부 의사를 밝힌 글이었다. 경찰이 그의 연락처를 알아내 통화하는 데 성공했지만, 그는 이름이 알려지는 것을 극구 사양했다.

이런 '얼굴 없는 천사'는 대전에도 나타났다. 3월 11일 서구 월평 2동 행정복지센터에서 일어난 일이다. 80대 노부부는 100만 원이 든 흰색 종이봉투를 들고 센터를 찾았다. 이들은 "막막할 때 도움을 받아 살아왔는데, 우리도 죽기 전에 보람된 일을 하고 싶다"라며 "코로나 때문에 어려운 사람들에게 도움이 되면 좋겠다"라고 했다.

부부는 월평 2동 임대 주택에 사는 기초 생활 수급자였다. 정부에서 매달 받는 생계비를 조금씩 모아 코로나 성금으로 내놓으며 이름을 밝히지 않았다. "몸도 마음도 아파서 사는 게 어려웠는데 구청과 동사무소에서 (우리를) 많이 도와줬다. 그런데 (내놓은) 돈이 너무 적어 미안하다"라고 말했다.

3월 6일 강원 태백시 황지동 행정복지센터에서 직원이 다급하게 외쳤다. "비닐봉지 들고 가세요!" 그러자 뒤돌아본 여성, 방금 직원의 책상 위에 검은 비닐봉지를 올려둔 사람이었다. 무슨 봉지인지, 왜 주는 것인지 아무 설명이 없었다. 출입문 쪽으로 바삐 걸어갈 뿐이니 직원이 당황스러울 만도 했다. 여성은 "마스크 구매에 써주세요"라는 말만 남기고 밖으로 나갔다.

직원이 어리둥절해하며 비닐봉지를 열어보자 다시 여러 비닐봉지에 나눠 담은 동전들이 나왔다. 10원짜리 188개, 50원짜리 70개, 100원짜리 761개, 500원짜리 156개, 1,000원 지폐 14장과 5,000원권 2장. 총 18만 3,480원이었다. 센터 관계자는 "여성분이 너무 빨리 나가버려 인상착의도 잘 기억나지 않는다. 40~50대였고, 앞치마를 착용하고 있었다"라고 했다. 그는 "아무래도 인근 시장에서 장사하는 분인 것 같다"라고 추측했다.

3월 13일 오후 4시 30분쯤 부산 강서구 신호파출소 앞에 놓여 있던 노란색 서류 봉투를 경찰관이 집어 들었다. 여러 종류의 마스크 11장과 손편지, 사탕이 든 봉투였다. 봉투의 주인은 편지에서 자신을 "3급 지체장애인"이라고 소개했다. "회사에서 받은 마스크가 많아 조금 나누려 한다. 부자들만 하는 게 기부라고 생각했는데 나도 도움이 되고 싶어 용기를 냈다"라고 적었다. 한 장, 두 장 생길 때마다 모은 것인 듯 마스크는 종류가 제각각이었다. 남성은 "너무 적어 죄송하다. 위험할 때 가장 먼저 와주는 경찰 모습이 멋지다"라고 덧붙였다. 경찰이 확인한 CCTV 영상에는 파출소 입구 쪽으로 쭈뼛쭈뼛 다가 오던 20대 남성의 모습이 찍혀 있었다. 그는 조심스레 봉투를 내려놓고는 부리나케 자리를 떠났다.

어두운 겨울을 지나

  20대 여성이 도시 한복판에서 아무 이유 없이 맞아 죽은 날, 엄마가 동반자살이라 착각하며 어린 자식을 살해하고 스스로 목숨을 끊은 날, 스물여섯 살 젊은이의 고독사 현장에서 생전의 그가 스팸 문자에 답장을 보냈던 외로움의 흔적이 나온 날에는 기사 쓰는 일이 노동을 넘어 노역처럼 느껴졌다. 그렇게 세상이 우중충하게만 보이는 사건을 여럿 읽고 쓰던 어느 날의 경험은 신기했다. 매달 10일이면 한 병원에 찾아가 많지 않은 기부금을 건네고 사라지는 이름 없는 청년의 이야기를 글로 옮기면서 내내 불편하던 마음이 조금씩 편안해졌다. 나는 비로소 커피를 한 잔 타서 한 모금 넘겼다.

  2019년 여름, 나는 성범죄 취재를 위해 텔레그램 대화방에 잠입했다. 'n번방'이라 불리는 성 착취 비밀방의 문을 처음 열었던 그날, 한 뼘 모바일 화면 속에서 벌어지던 일은 직접 눈으로 보고도 차마 믿을 수 없었다. 실태 파악을 위한 잠입은 단서 확보와 증거 수집을 위한 잠복으로 이어졌고, 나는 그 방에서 여섯 달을 머물러야 했다.

언제 끝날지 모를 그 일에만 매달릴 수 없어서 일과 중에는 다른 뉴스를 취재하고 기사를 썼는데, 내가 속한 부서의 업무 중 하나는 〈아직 살 만한 세상〉이라는 문패로 미담을 출고하는 것이었다. 연재를 막 시작했을 무렵, 어느 의대생의 글이 페이스북에 올라왔다(254쪽). 지하철역 계단에서 갑자기 쓰러지는 아주머니를 목격했는데, 달려가서 돌려 눕혔지만 의식이 없었다는 내용이었다. 학생은 당황해서 헤매다 이내 정신을 차리고 심폐소생술을 실시했지만, 119에 실려 간 아주머니는 끝내 숨을 거뒀다고 했다. 학생은 그동안 도서관에서 공부했던 것은 다 뭐였나? 하며 자책하고 있었다. 이 글에 무려 2만 개가 넘는 댓글이 달렸다. 위로와 격려와 응원의 말이 순서를 바꿔가며 2만 번 되풀이됐다.

그즈음 제목이 없는 메일을 한 통 받았다(60쪽). 발신자는 "1,200원도 없는 날에 희망을 봤다"라고 적었다. 월세와 통신비까지 밀려 극한의 어려움에 처한 날, 그것을 해결하려 비가 내리는데 집을 나섰다고, 교통카드에 버스 한 번 탈 돈은 남은 줄 알았더니 버스 단말기는 야속하게도 "잔액이 부족합니다"를 외쳤다고 했다. 이야기는 거기서 끝나지 않았다. 다시 내리려던 그에게 버스 기사분은 그냥 타고 가시라며 끝까지 문을 열어주지 않았다고 했다. 그는 덧붙여, "힘들어져 보니 누군가의 사소한 배려가 참 위로가 되더라"라고 적었다.

나의 이중생활은 그렇게 시작됐다. n번방에 들어가 끔찍한 행태를 기록하다가 밖으로 나와서는 누군가 위로받았다고 털어놓는 따뜻한 이야기를 썼다. n번방에서 수없이 도망치고 싶었을 때마다 어디선가 그런 이야기가 나를 찾아왔다. 지옥 같은 세상과 아직 살 만한 세상을 오가면서 지낸 여섯 달 동안 그들이 받았다는 위로가 되레 나를 위로해 주고 있었음을 나중에야 깨달았다. '아직 살 만한 세상'이 없었다면 'n번방 추적기'를 마무리하지 못했을지 모른다.

세상을 움직이는 여론의 원동력은 두 가지, 공감과 분노라고 생각한다. 불의를 보면 반드시 분노해야 한다. 하지만 세상을 바꾸는 힘이 분노에만 있지는 않다. 의술의 무게를 체험한 학생에게 위로와 응원을 보내는 것, 난처한 상황에 처한 어느 승객에게 기억에 남는 하루를 선사하는 것 역시 세상을 움직이는 힘이 될 수 있다.

현실이 끔찍하다고 여기는 사람이 많다. 이 책에 실린 이야기들이 나에게 위로를 주었듯, 오늘도 춥고 매서운 겨울 같은 하루를 보낸 이들에게 이 책이 작게나마 위로가 되었으면 좋겠다. 만약 세상에 즐거운 일만 가득했다면 이렇게 소소한 이야기의 매력을 알지 못했을 것이다. 그냥 살 만한 세상이 아니라 '아직' 살 만한 세상일 때 세상은 더 살 만하지 않을까, 생각해 보기도 했다. 이 책은 세상을 조금씩, 하지만 분명하게 바꾸고 있는 분들에 의해 만들어졌다. 소중한 사연을 나누고 출간을 허락해 주신 사연의 주인공 한 분 한 분께 마음 깊이 감사드린다.

2021년 1월,

박민지

마침 그 위로가 필요했어요

1판 1쇄 인쇄 2021년 2월 9일
1판 4쇄 발행 2022년 9월 15일

지은이 태원준, 박민지, 박은주, 문지연

발행인 양원석
편집장 김건희
디자인 ROOM 501   **일러스트** 배중열
영업마케팅 조아라, 이지원

펴낸 곳 ㈜알에이치코리아
주소 서울시 금천구 가산디지털2로 53, 20층 (가산동, 한라시그마밸리)
편집문의 02-6443-8932   **도서문의** 02-6443-8800
홈페이지 http://rhk.co.kr
등록 2004년 1월 15일 제2-3726호

ISBN 978-89-255-8916-9 (03810)